나는야
산타 할머니

나는야
산타 할머니

이정숙 지음

들어가는 글

2020년의 화두는 단연코 '코로나'이다. 전 세계를 강타한 코로나는 순식간에 사람들의 생활양식과 생각들을 바꾸어 놓았다. 나 역시, 그 어느 때보다 깊은 고민을 했다.

이 위기의 상황에서 무엇을 할 수 있을까?
그리고 무엇을 하지 말아야 할까?
무엇을 줄이고, 무엇을 더 늘여야 할까?

그래,
책을 읽자!

이른 새벽, 문득 책 읽기를 함께 하고픈 동지들을 불러 모았다. 8명으로 시작된 온라인 독서 모임이, 현재는 200명 가까운 사람들과 함께 하고 있다. 두근두근 가슴 뛰는 변화의 시작 아침 6시와 저녁 6시에 2번 만나는 사람들이라는 뜻으로 '6.2.4 독서 모임'이 탄생 되었다. 그렇게 같이 울고, 웃는 시간을 만들어 가고 있다.

매일 새벽 6시.
독서 모임을 하기 전, 기도하는 마음으로 이 글을 적었다.

59년을 기다려 만나게 되는 육십의 나. 이제 인생을 반추할 만한 시기다. 이름 없이, 존재감 없이 살아야만 했던 딸이자, 아내 그리고 엄마가 되었던 나의 삶. 무엇을 위해 이토록 열심히 살아왔을까? 비바람이 세차게 불었던 인생의 지점에서, 그때마다 책으로, 강연으로 만나게 된 인연들이 위기 극복을 할 수 있도록 도와주었다.

나는 이제,

누구의 인연이 되어줄까?

나는 이제,

누구에게 나의 배움을 나누어줄까?

그래, 내 열정의 동력은 '대한민국 엄마들의 행복'이다!

'두근두근 변화의 시작'이라는 독서 모임의 슬로건처럼, 나의 후반부의 삶은 방황하는 대한민국 엄마들에게 꿈을 밝혀주는 하나의 촛불이 되고 싶다.

대한민국 엄마들에게 이 책이 엄마들의 마음속에 잠자고 있던 꿈을 다시 깨우고, 꿈을 밝혀줄 수 있기를 희망한다. 그리고 앞으로 남은 인생을 어떻게 살아가고 싶은지 끝없이 질문할 수 있는 책이 되길 바란다.

어디를 가든지 새벽마다 기도하며, 온 마음으로 삶을 살아온 나 자신에게도 말해주고 싶다.

"그래, 수고했어. 살아 있음이 기적이야."

한 해를 마무리하는 12월, 나의 생각과 감정들, 그리고 살아갈 날들에 대한 꿈을 고스란히 담아 책으로 엮게 되니 참 기쁘다.

이 글을 쓰는 동안 나와의 소중한 인연들을 돌아보게 되었고, 그들에게 다시 한 번 감사를 전하고 싶어졌다. 아침마다 문을 열어준 두근두근의 안방마님 김태임 님과 624 문지기님들에게 감사와 사랑을 보낸다. 나를 지지해주고 응원해 준 류재조 님과 양념반 리더분들, 그들이 있었기에 지금까지 내가 많은 일을 할 수 있었다. 무한한 감사를 보낸다.

그리고 코로나의 위기 속에서 손에 손을 꼭 붙잡고 모인 624 동지분들이 있었다. 두 번째로 출간되는 「나는야 산타 할머니」 책은 독서 모임 친구들과 내가 함께 만들어낸 작품이다. 아침마다 카톡으로 사랑을 보내준 그분들의 열정 덕분에 이 책을 쓸 수 있었다. 함께 이루어낸 우리들의 아름다운 시간들을 축복하며 다시 한 번 감사의 마음을 전한다.

우리 모두, 남은 삶을 축복하며, 파이팅하자!
놓치고 싶지 않은 나의 꿈, 나의 인생을 위해 건배!

독자 여러분의 삶을 위해 건배를 외치는 새벽입니다.
2020년 12월 7일
줌마대학교 교장 이정숙 올림

차례

chapter 2

내 몸은 소중하기에 : 건강

chapter 3

또 다른 나를 만나는 시간 : 몰입

chapter 4

새들의 지저귐 속에도 : 교감

chapter 5

이 세상 모든 것에 숨어 있는 : 감사

후회만 가득한 과거와

불안하기만 한 미래 때문에

지금을 망치지 마세요.

오늘을 살아가세요.

눈이 부시게.

당신은 그럴 자격이 있습니다.

– jtbc 드라마 〈눈이 부시게〉 12화, 김혜자 내레이션 중 –

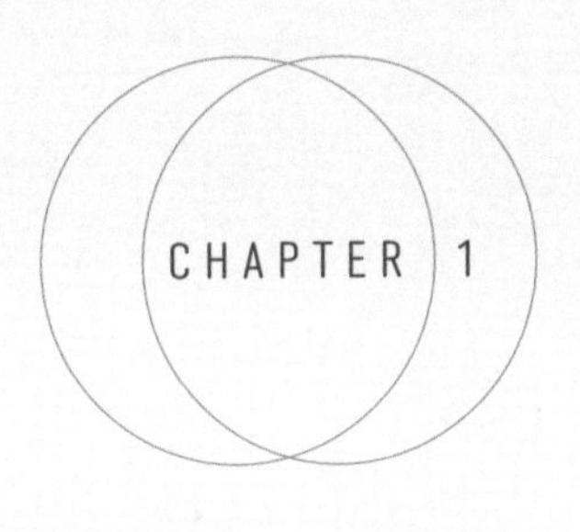

그대들과 함께 :
성장

와우! 새벽

드디어

또

만났다.

새벽 3시 50분.

코로나가 가져온 선물.

위기의식이라는 포장지에 싸인 선물을

잘 받았다.

낭송 프로그램에서 독서 모임으로

8명의 동지에서 시작해 수백 명의 동지로

모닝 페이지 혁명 3권에서 수천 권으로

천연재료 요리연구가에서 안내자로

이른 새벽,

내 꿈의 씨앗들이 움트고 있다.

와우!

새벽은

하루를 시작하는 여인의 사랑과 열정이다.

나에게 98년 겨울은 유난히 춥고, 배고픈 시절이었다. 남편은 평범한 직장인에서 1인 기업가로 변신한 구본형 작가와 그의 책 「익숙한 것과의 결별」을 좋아했다. 그러다 보니 우리 부부는 자연스럽게 구본형 작가와 함께하는 프로그램에 참여하게 되었다. 이 프로그램은 강원도에 있는 펜션에서 3박 4일 동안 단식하며, 전국에서 온 소수의 사람들(꿈벗)과 자신의 꿈을 찾는 과정이다.

"새벽에 일어나면 무엇을 하시나요?" 나는 구본형 작가에게 물어보았다.

"그 누구에게도 방해받지 않는 새벽 시간, 4시에서 6시까지 글을 쓰고, 책을 읽지요. 전화도 안 오고, 만나자고 하는 사람도 없으니 온전히 나를 만나는 시간이 됩니다."

'와우! 새벽에 글 쓰는 작가라니? 멋지다. 가치 있게 나이 먹는다는 것은 저런 모습일 거야. 나도 새벽에 나를 만나는 시간을 가지고 글을 써야지'라고 다짐했다.

우리는 지금 코로나 시대를 맞이하게 되었다. 출장과 해외여행이 줄줄이 취소되고, 생활과 비즈니스 모든 영역에서 위기의식을 느꼈다. '어떡하지? 지금 내가 할 수 있는 것은 뭘까?'

그렇게 위기의식 속에서 나는 새벽에 일어나서 오롯이 나를 만나고 글을 쓰고자 했던 결단을 실행으로 옮겼다. 이른 새벽, 나의 역사를 다시 쓰게 되는 두근두근 가슴 뛰는 변화의 시작, '624 독서 모임'을 줌으로 만들게 되었다. 독서 모임은 2월 코로나가 시작되었던 시점부터 연말까지 하루도 빠짐없이 진행되었다. 또한, 지치고 힘든 엄마들이 정체성을 찾아 힘을 회복하고 연대감을 가질 수 있도록 도와드리는 프로그램들도 만들어 가고 있다. 많은 사람이 편안히 쉴 수 있는 큰 그늘을 만들 수 있는 큰 어른이 되고 싶다.

강원도 어느 펜션에서 품게 되었던 작은 씨앗 하나가 커다란 나무로 성장하고 있다는 것을 느끼게 해 주는 시간도 새벽이다. 와우! 새벽은 생명이 움트는 시간이다. 추우나 더우나 매일의 새벽은 곧 해가 뜬다는 희망을 갖게 해 준다. 오늘의 씨앗이 잉태되는 새벽은 나에게 선물이다.

59세의 나, 이정숙의 가을의 새벽은 그 어느 때보다 힘차고 찬란하게 빛난다.

먼동이 트는 이른 아침.

1박 2일의 여행과 운전으로 몸은 피곤하지만, 내 마음속에는 희망의 태양이 떠오르고 있다. 3시 50분부터 7시까지 새벽 시간을 선물로 받았으니, 의미 있고, 가치로운 삶을 위한 요리를 만들어 보아야겠다.

창밖으로 푸른 잔디와 알록달록한 단풍잎이 어우러져 멋스러운 풍경을 만들어 낸다. 푸르던 나의 청춘과 성숙해져 가는 내 삶이 창 너머 풍경과 닮아 있다.

내일을 위한 이른 새벽이 또 기다려진다.

와우!

새벽.

조그마한 공, 큰 인생

저 푸른 잔디밭으로 잘 날려 볼 테야!

마음을 잔뜩 먹고, 벼르고, 날렸다.

어라,

어디 갔지?

내 공, 산속으로 들어갔다고 캐디가 말했다.

내 마음은 아닌데.

어라,

이번엔 호수 속으로 들어갔다고 했다.

제대로 한 번 잘 날려 보려고 했는데,

짠! 하고 보여 주려고 했는데.

선배들이 말했다.

"자식과 골프공은 마음대로 안 돼."

그러면,

마음대로 되는 것은 무엇인가?

그래도,

또 시도하고 연습해야지.

기도하고, 인내하며 소통해야지.

내 마음은 이게 아닌데,

잘 해 보려고 시도했는데,

삑사리가 날 때,

포기하지 않고

연습하고,

다시 도전한다.

굿-샷!

모든 피로가 한방에 풀린다.

이 맛에 산다.

내 안에 잠든 거인을 깨우는 프로그램을 진행하였다. 20여 년 전, 잠든 거인을 깨워 만든 사진은 넓은, 잔디밭에서 골프채를 들고 서 있는 내 모습이었다. 밝은 주홍빛 티셔츠에 흰색 바지를 입고 서 있는 모습이 내 안에 거인이다.

꽤 많은 시간 동안 비즈니스에 몰입해서 일 중독처럼 지냈다.

"연습하러 같이 가자"라고 골프 선배들이 말해도 일을 습관처럼 만들어서 몰고 다니던 나였다. 우연히 나에게 라운딩하는 시간이 허락되었다. 용감하게도 골프채와 공을 준비해 나갔다. 하지만 나에게는 선배들이 남해의 아름다운 해변을 향해 공을 날리는 멋진 광경을 볼 여유가 없었다.

'이게 아닌데.'

공은 산으로, 바다로 그 어디로 정한 곳도 없이 사라졌다. 나는 달걀 한 판만큼의 공을 다 써 버렸다. 마음대로 되지 않아 몸과 마음은 지쳐버렸다. 여름 땡볕에 땀은 또 얼마나 나던지……. (다행히 눈물과 땀을 분간할 수 없어서 좋았다.)

공 치는 연습에 몰입할 수 있는 환경을 만들고, 돈과 시간을 들여서 연습하기로 마음먹었다. 신현숙, 류재조 님과 함께 잠자는 시간까지 아껴가며 연습을 했다. 단순, 반복, 지속하는 열정으로 내 안에 잠든 거인을 깨워 보기로 하였다. 잘해 보려고 하는데 꼭 한 번씩 삑사리가 났다. 공이 산으로 들어가고, 호수로 빠졌다.

'우리네 인생 같네.'

허허 참, 갑자기 든 생각이었다.

오후 시간, 잠깐 휴식을 위해 소파에 앉아 있는데 아들에게서 전화가 왔다.

"어머님, 오늘은 제 하소연 좀 들어주세요. 아버지랑 조금 전에 통화했는데 너무 답답해서요. 제가 20대 때에는 위험할까봐 속도가 나지 않는 코란도를 몰게 하시더니, 지금은 또 뭡니까? 제 나이 32살입니다. 32살이요! 그리고 제가 필요하고, 저한테 딱 맞아서 선택한 새 자동차예요. 아버지는 제가 위험하게 운전할까 봐 걱정이 된다고 하시네요. 40대에도, 50대에도 아버지 염려 속에서 계속 살아야 해요?"

이미 감정이 상해있는 아들에게 나까지 조언을 하면 안 되겠기에 별 대꾸를 하지 않고 전화를 끊었다.

조금 뒤, 남편이 집에 왔다.

“여보, 아들이랑 통화하다가 속이 상해서 말이야. 나랑은 더 이상 대화가 안 돼. 당신이 잘 좀 이야기해 봐요.”

“안 그래도 조금 전에 아들한테서 전화 받았어요. 제가 이야기해 볼게요.”

하지만 아들은, 아버지의 걱정 속에서 자라왔던 시간만큼이나 감정의 골이 깊어 있었다. 그 뒤로도, 잘해 보려고 한 말이 이상한 방향으로 흘러가 또 다른 오해를 낳기도 했다. 말투 하나에 서로가 서로에게 상처가 되었다. 의도한 것은 그것이 아닌데.

인내가 필요한 시간이다. 골프공이나, 자식이나, 마음대로 안 되는 인생을 참 닮았구나 싶었다.

저 푸른 초원으로 시원하게 날아가는 공을 상상해 본다. 마음대로 되지 않던 조그마한 골프공 하나 덕분에 큰 인생까지 연결해 보고. 내가 치는 골프공, 앞으로도 여전히 삑사리 나겠지. 내가 사는 인생도 여전히 삑사리 날 테고…….

포기하지 않고 연습하고
다시 도전할 것이다.
내 인생, 내 사람들은 소중하니까.

교양 한 스푼, 기도 한 스푼

감사한 인연,

백미정 작가님.

행복한 엄마가 되자고 하였다.

엄마가 죽으면 세상이 죽는다고,

세상 엄마들에게 교양을 장착하자 했다.

엄마라는 정체성을 단단히 고정시키면서,

동시에 자신을 지켜나가자 했다.

세 아이의 엄마로 육아와 가사의 틈에서

8권의 책을 출판한 경험으로

이 시대 '엄마들의 책 쓰기' 안내자가 되기로 하였단다.

젊은 후배 엄마의 용기 있는 날갯짓에 박수를 보낸다.

엄마 작가로 사명감을 가진 이 여인과의 만남은
나에게 또 어떤 사명감으로 이어지게 될 것인가.
30살 먹은 딸과 백미정 작가와 나와의 필연이 기대된다.
후배들의 삶이 자랑스럽다.

우연이 아닌 필연으로 이어지는 만남 속에서,
「커피 한잔에 교양 한 스푼」의 백미정 작가님의
가늠할 수 없는 변화와 성장을 기도하는 새벽이다.

도심의 가로수에 곱게 물든 단풍잎이 한 잎 두 잎 떨어지던 어느 날, 팔공 연오당에서 신선한 야채들을 수확해 집으로 돌아오는 차 안, '단 한 분께만 전체 원고의 퇴고 재능기부'를 드린다는 카톡 글이 올라왔다. 평소에도 책에 관심이 있었기에, 출판과 관련된 글은 내 눈길을 끌었다.

그렇게 시작된 백미정 작가님과의 만남. 이제 작가님과는 애인처럼 자꾸자꾸 만나고 싶은, 좋은 것이 있으면 제일 먼저 주고 싶은 나의 책 쓰기 선생님이 되었다. 백미정 작가님이 안내해 주는 대로 잘 따라가고 싶어진다. 나의 두 번째 책이 아름답게 탄생될 것 같은 예감이 번뜩였던 그 짧았던 순간이 기회가 될 줄이야!

'역시 나는 행운아야.'

시간이 지날수록 백미정 작가님에 대한 믿음이 깊어진다. 나의 직감을 믿으며 따라가고 있는 내내, 행복과 감사로 하루하루를 보내고 있다. 나의 글을 독자로서 칭찬해주고, 안내해 주는 백미정 작가님의 진실된 사랑의 모습에 푹 빠져버렸다.

한 계절을 너머 겨울이 왔다.

백미정 작가님과 깊은 대화의 시간, 서로가 서로에게 힘이 되는 변화와 성장을 예감했다.

"저에게 있어 책 쓰기 코치 일은 시작에 불과해요. 5년 뒤에는 '엄마 작가 비전스쿨'을 설립하고 싶어요. 저처럼 책 쓰기 코치 일을 하시게 될 분들을 양성하거나, 여러 분야의 전문가들과 연계하여 새로운 교육 프로그램을 만들 거예요. 그래서 대한민국 엄마들의 강점과 재능을 찾아드리고 싶어요. 그분들 또한 제 2의 인생을 살면서 아낌없이 주는 나무가 되어 후회 없는 삶을 살 수 있도록 도와드리는 것, 그것이 최종 목적입니다."

내 딸은 학교 설립을 꿈으로 가지고 움직이고 있다. 그런데 백미정 작가님도 학교와 같은 기관을 설립하여 대한민국 엄마들의 책 쓰기와 강점 발견을 돕고 싶다고 했다.

소름 돋는 인연과 사명감.

팔공 연오당에 온 엄마 후배들 3명과 함께 정체성에 대해 대화를 나누었다. 후배 엄마들과 후배 할머니들에게 나눌 이야기들이 많았다. 나의 경험담과 함께, 감사 일기로 가볍게 시작해 모닝 페이지로 막혀 있는 창조성을 회복하자고 안내해 주었다.

그리고 백미정 작가님의 이야기로 진한 공감대를 형성하였다.

처음 인연이 된 47세의 엄마는 어린 아이처럼 울었다.

"우세요. 휴지로 닦지 말고 울어주세요. 억눌러 놓은 그 슬픔을 충분히 애도해 주세요"라고 위로를 건넸다.

오후 4시에 만남을 시작한 우리는 어느새 캄캄해진 팔공산의 밤 풍경을 보게 되었다. 대한민국 엄마들이 행복한 엄마로 거듭날 수 있도록 나눌 이야기, 연결할 수 있는 프로그램이 있는 나 이정숙의 삶을 기대해 본다.

오늘 새벽은, 젊은 후배들이 용기와 희망의 두 날개로 힘차게 날아오를 수 있게 해 달라는 기도를 자연스럽게 하게 되었다. 교양 한 스푼, 기도 한 스푼. 모두가 좋은 말이다.

눈이 부시는 단어, 소통과 동행

25년,

한 길을 걸어왔습니다.

함께 하는 그들이 없었다면 어림 반 푼어치도 없었습니다.

선배들의 발자국 덕분입니다.

미국에서 호주에서 서울에서 부산에서 마지막으로 대구에서

수고한 그분들이 길을 만들어주었습니다.

후배들이 생겼습니다.

함께 배우며

함께 뛰었습니다.

내 안에 잠든 거인을 깨우며

함께 춤추었습니다.

건배하며

이미 이루어진 것처럼 상상하며

동행하였습니다.

'가죽 부대'라는 별명으로 다이어리 하나씩 들고서

배울 수 있는 곳이라면 어디라도 가겠다는 의지로

성장하는 리더가 되어 갔습니다.

평생 친구가 되기로 현판에 새겼습니다.

아름다운 사람이 되어 갑니다.

소통하고, 동행하는 평생 친구가 있어 가능한 일입니다.

사랑합니다.

그리고 감사합니다.

35세에 시작한 비즈니스.

친구들과 손을 잡고, 함께 걸어가고 있는 이 여정, 내 삶의 모든 것이 되었다.

진솔하게 소통하며 성장하고 싶은 마음이 나에게 있나 보다. 모닝 페이지에 내 사랑, 내 생각, 내 영혼과 함께, 소통하고 동행하는 사람들에 대한 진심을 적어 두었던 흔적을 발견할 수 있었다.

이런 시간들이 모여서 나의 첫 번째 책, 「모닝 페이지 혁명」이 나오게 되었다. 평생 친구들과의 흔적, 소통할 수 있는 하나의 도구가 되어준 책. 이제 두 번째 책으로 그들과 소통하고 동행하고 싶다.

100세가 되어서도 그들과 함께 나눌 이야기가 있을 것이다. 소통하며 동행한다는 것, 얼마나 눈이 부신 모습인가? 흰 머리카락이 듬성듬성한 내가 다시금 학생이 되기도 하고, 스승이 되기도 하는 요즈음이다. 참 좋다. 그들이 사랑스럽고 고맙다.

나는 날마다 감사하다. 그들이 있었기에 오늘의 내가 존재한다는 사실을 한시도 잊지 않는다.

사랑합니다.

그리고 감사합니다.

동행의 힘

동행.

2021년을 이끌어갈 하나의 단어.
이 단어를 만나기까지
육십 년을 기다렸다.
한 여자를 너머,
한 인간으로 거듭나는 나이.
육십인 나와
행복한 동행이 시작된다.

후반부의 삶을 살아가는 그 길목에서 만나게 될 인연들을
스승으로, 친구로, 후배로, 선배로 삼아 함께 갈 것이다.
꿈을 기록하고 관리하는 시인으로 작가로
그들과 동행할 것이다.

도움을 많이 받았던 삶에서

이제 나는,

도움을 주는 존재로 살아가게 될 것이다.

내 인생을 새롭게 할

단어의 힘을 믿는다.

이것이,

'동행의 힘'이다.

예전에 자연 식단으로 건강을 회복하는 프로그램에 참여한 적이 있었다. 가을이 무르익어 밤이 툭툭 떨어지던 어느 날, 우리 부부는 프로그램에 참여한 게 아니라 마치 여행을 왔다는 생각으로 즐겁고 여유롭게 시간을 보냈다. 배낭에 밤을 가득 주워오기도 하고, 현미와 채식으로 식사를 하기도 했다. 오전에는 햇살 좋은 가을 산을 함께 산책했고, 저녁에는 건강 관련 강의를 들었다.

암 환우들과 같이 밥을 먹고, 저녁에는 장작불 옆에 모여서 살아온 이야기들을 나누었다.

"참 잘 왔어. 이 시간은 신께서 우리에게 주신 행운의 선물이라는 걸 깨닫게 되었어." 남편이 참으로 좋아했다.

"그렇지요? 지난 시간들 수고 많았다고 하면서 칭찬해 주시는 것 같죠? 잘 받아갑시다. 누군가에게 잘 나눌 수 있게 말이에요."

일상으로 돌아온 우리 부부는 삶을 변화시켜준 그때의 경험들을 주변의 사람들과 나누었다. 나눔의 열정과 우리 부부의 변화를 직접 경험한 사람들은 눈을 반짝거리며 관심을 가졌다. '맨발걷기'와 비즈니스를 함께 하고 있던 3명의 동행자들이 그곳을 다녀왔다.

"최고의 선택, 최고의 투자였어요! 덕분에 너무 잘 다녀왔습니다.”

동행자들은 감탄하는 목소리로 나에게 전화했다. 나 역시 행복했다. 그리고, 동행자들의 생각과 미래 계획에 어떤 변화가 있었는지 구체적으로 듣고 싶어서 그들을 만나기로 했다.

“다음에는 남편과 아기도 데리고 갈 거예요.” 기대에 찬 목소리와 눈빛의 동행자를 보며, 좋은 프로그램을 연결해서 새로운 길을 열어준 것 같아 뿌듯했다.

내 인생의 동행자들에게 내가 경험하고 느꼈던 좋은 것들을 아낌없이 나눌 것이다. 그리고 나에게 자신들의

좋은 경험들을 나누어 주시는 동행자분들에게 감사하다. 서로가 서로에게 선한 영향력으로 함께 나아갈 수 있다는 것만으로도 감사하고 행복하다. 그리고 그분들과 함께 더욱 멋진 인생의 길을 동행하기 위해 나는 끊임없이 배우고, 아낌없이 나눌 것이다. 그리고 동행자들을 위한 기도를 드릴 것이다.

이것이 바로 ‘동행의 힘’이다.

미래 일기

'내 나이 팔십.

다 큰 손자, 손녀들이

아기처럼 내 품에 포옥 안겨

할머니~ 할머니~

종알종알 거린다.

하와이 다녀오세요,

아들, 딸은

환하게 웃으며 하와이행 비행기 티켓을 건넨다.'

내 나이 사십 때에,

사십 년 후, 미래 일기를 썼더랬다.

어머님과 친정엄마를 모시고

닭 한 마리 잡아서 바비큐 먹던 그 날

계곡물에 발 담그고

이렇게 썼더랬다.

이제

내 나이 육십.

다시금 써 본다.

미래 일기.

매일 아침, 나는 미래 일기를 쓴다. 그리고 긍정 선언문을 적어 팀들과 공유한다. 나의 미래를 개척하며 만들어 가는 힘을 회복하는 시간이다. 오늘은 10년 후, 미래 일기를 써보았다.

해마다 출판되었던 내 책이 열 권이다.
나는 햇살이 시샘하고 갈 정도로 환하게 미소를 짓고 있다.
내 미소가 더욱 여유롭고, 빛나 보인다고 남편이 말했다.
매일 새벽 기상으로 시와 글을 적었다.
여전히, 나는 글을 쓰고 있다.
감사합니다, 감사합니다.
새벽 시간, 글 쓰는 시간, 요리하는 시간,
만나는 사람들에게 감사를 잊지 않는 나.
나눔의 삶.
나눔을 함께하는 동행자들이 점점 더 늘어가고 있다.

중년의 위기를 심하게 앓았던 우리 부부에게 좋은 치료제가 되었던 미래 일기. 그래서 미래 일기를 써 보라고 자신 있게 권할 수 있었다. 함께 인연이 된 모닝 페이지 팀들과 '10년 후 나에게 편지

쓰기' 시간을 가졌다.

"미소가 저절로 지어져요.", "행복한 시간을 선물 받았습니다" 라고 모두 좋아했다. 나의 기도이기도 한 미래 일기의 힘이 나날이 커지고 있음을 느낀다.

노트 한 권, 볼펜 한 자루를 들고 새소리와 물소리가 들리는 조용한 곳으로 가서, 나의 미래를 글로 적어보는 여행을 해볼 것을 추천한다. 코로나로 어수선한 이 시기에 안성맞춤 여행이 아닐까 싶다. 어차피 미래는 불확실하다. 변하지 않는 미래의 본질을 걱정하고 고민하기보다, 내가 추구하는 삶의 모습을 상상하며, 글로 적어봄으로써 미래를 스스로 만들어 갔으면 좋겠다. 그리고 참고할 수 있는 책속 문장들을 필사하는 것도 좋은 방법이 된다.

미래 일기로 큰 그림을 그리고 나서, 긍정 선언문으로 구체화시켜보길 권한다.

오늘도 기쁘고 감사한 날이 될 것이다.

나는 정말 행복한 사람이다.

내 미래는 점점 나아지고 있다.

-박시현. 나는 된다 잘된다. 유노북스-

나의 소중한 사람들과 함께, 아름다운 미래를 튼튼하게 설계해 가길 바란다. 함께하는 시간들은 큰 힘이 된다. 보이는가? 나의 미래, 우리의 미래가 손짓하고 있는 모습이! 나의 미래 일기가 현실이 되어 빛나기를 기대하며, 오늘도 나는 미래 일기를 쓴다.

길을 닦는다는 마음으로

꿈의 기록.

마음의 나눔.

삶의 선물.

응원과 파티.

치유와 성장.

길을 닦는다는 마음으로

오늘도 기도한다.

2020년 연말은 코로나로 인해 예전과 같은 연말을 보낼 수 없었다. 이러한 연말을 보내며 나는 '지금 나는 무엇을 할 수 있을까?', '앞으로 나는 무엇을 할 수 있을까?' 고민해 보았다. 그리고 다음 해에 대한 나의 꿈과 비전을 세팅해 보았다.

624 독서 모임 사람들을 어떻게 이끌어 갈 것인가? 독서 모임은 나에게 어떤 의미이고, 가치를 주는가? 또 비즈니스와는 어떤 연관성이 있는가? 등의 물음에 답을 찾는 시간들을 가졌다.

> 2021년 12월 31일까지, 6시를 2번 만나는 4람들인 '624 독서 모임' 사람들에게 책 읽는 습관을 가지게 한다. 그래서 치유와 성장을 이룬 친구들을 한 달에 백 명씩 만난다. 마지막으로, 624 친구들이 천 명이 되도록 한다.
>
> 나 이정숙의 비전이다.
>
> \- 나의 비전 내용-

비전을 이루기 위해서는 뜻이 같은 사람들과 팀을 만들고, 성장 일기를 통해 기록하고 정기적인 모임을 통해 서로의 노력을 나누어야 한다. 비전을 이루기 위한 나의 핵심 가치를 배움, 실행, 나눔이다. 나눔이 진정한 배움이고, 사랑이라는 것을 깨달았다. 아침, 저녁으로 함께 공부하는 624 동지들이 삶의 변화를 이룰 수 있도록 안내하는 역할을 내가 맡기로 하기로 하였다. 치유와 성장을 돕는 624 독서 모임이 되기 위하여 실행할 것들을 계획하고, 발표하고, 홍보하는 시간을 앞으로도 이어갈 생각이다.

비전과 함께 거쳐야 할 단계가 있음을 안다.
한 달을 온전히 기록하며 나눔하고 선물하기.
백일을 기록하며 성취한 것을 축하하고 파티하기.
건강 프로그램을 함께 한 사람들의 모임.
모닝 페이지를 작성하는 사람들의 파티.
응원하고 축복하며 다시 미래를 안내하는 모임.
치유와 성장을 돕는 선배로 살아간다는 것의 의미.

오늘도 함께할 사람들을 위해 나는 길을 닦는다.

건강과 지성은 인생의 두 가지 복이다.

- 메난드로스 -

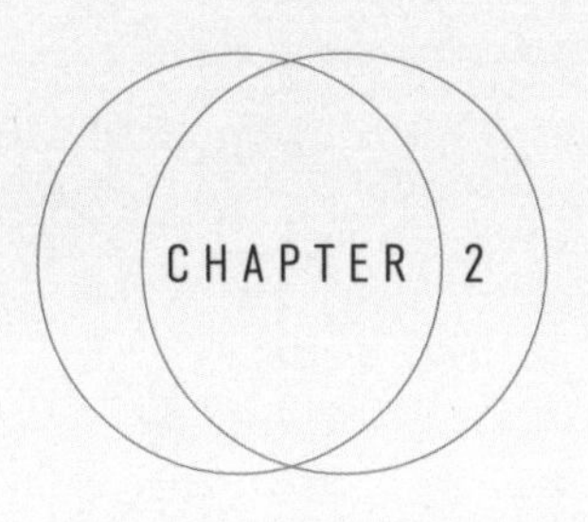

내 몸은 소중하기에 :

건강

초록 빛깔 음식들

잔디가 있는 정원에

긴 화분을 세웠다.

봄, 여름을 지날 동안

오이, 상추가 넉넉하였다.

그곳을 말끔히 정리하고

다시 유채꽃 씨앗을 뿌렸다.

가을 햇살을 받아 새싹들이 제법 자라서

아침 저녁 식탁에

초록빛깔의 음식들로 새롭게 태어났다.

초록 빛깔 음식들은

신의 선물이다.

어쩜 이리 예쁠 수가 있을까?

아이, 좋아라!

초록 빛깔 음식들이 보약이 되어 준다.

아기 달래순, 아기 찔레순…….

초록 빛깔의 봄을 상상하니 마음은 벌써 봄이다.

26살에 만나 1년을 연애 후 결혼한 남편과 봄, 여름, 가을, 겨울 사계절을 33년 동안 함께 지내왔다.

새로운 일을 시작할 때 마음가짐을 닮은 봄, 예측할 수 없는 어려움처럼 장맛비가 쏟아지는 여름, 희망을 버릴 수 없는 열매와 작은 결실이 보이는 가을, 시린 바람이 불어와 꽁꽁 얼어붙게 만드는 겨울, 사계절 속에는 삶의 여정이 고스란히 녹아있다. 그래서 초록 빛깔 채소들과 열매들을 보면, 그냥 초록이 아니라 긴 시간 견디어 오고, 버티어 온 우리들의 삶이 연상된다.

쉽지 않은 비즈니스 세계에서 함께 울고, 웃으며 버티어 냈던 초창기 멤버들을 생각하니 눈물이 난다. 마음이 짠하다. 그리고 고맙다. 살아남아서 후일을 도모한 우리들의 시간과 열정에 박수를 보낸다. 그들과 함께, 이제는 편안하게 나눌 이야기가 있다. 우리에겐, 그 세월을 함께 견디어 낸 추억보다, 나도 힘들었고 당신도 힘들었다는 위로의 말보다, 눈빛 하나로 공감이 되는 마음의 평화가 있다.

남편도, 아이들도, 팀원들도 우리 집 정원 화분에서 자라고 있는 초록 빛깔 생명들처럼 새롭게 피어나길 바란다. 지나간 것은 지나간 대로 의미가 있고, 앞으로의 날은 신께서 안내해 주시리라

믿는다. 오늘 우리는 무엇을 느끼고, 무엇을 생각할 것인가? 초록 빛깔 생명들이 자라서 음식으로 거듭나듯, 우리 삶의 여정 또한 누군가에게 공감이 되고, 그들과 함께 마음을 나누면서 삶은 풍성해진다.

"오늘 음식, 풍성한데? 안 먹어도 건강해지는 느낌이야."

식탁에 차려진 초록 빛깔의 맛깔스런 음식들을 보며 남편은 봄 햇살처럼 따뜻한 말을 건네었다.

초록 빛깔의 푸릇푸릇한 밥상에서 오늘도 싱싱한 삶을 건져 올려 볼까요?

궁디 팡팡 쳐 줄 수 있는 미래

무엇이 나의 성장을 방해하는가?

하던 대로만 한다면 어떻게 성장을 기대하겠는가?

머물던 장소에만 계속 머문다면 어떻게 영감을 얻겠는가?

만나던 사람만 계속 만난다면 성장이 멈춘다는 건 뻔한 결과가 아니겠는가?

궁디 팡팡 쳐 줄 수 있는 미래의 모습을 만들고 싶다.

새로운 영감을 받는 장소로 몸과 마음을 옮겼다.

사람들은 어떤 생각을 하고, 어떤 모임을 하는지

직접 참여해 보고 같이 울고, 웃어보는 것이다.

죽는 날까지 학생으로 살며, 현역으로 살며

나누는 삶을 실천하는 실행가로, 스승으로, 선배로

살고 싶다.

기꺼이

나의 창조적인 재능을 사용할 것이다.

기꺼이

나의 창조적인 힘을 발휘할 것이다.

나를 위한 하늘의 계획이 있음을 아는 새벽이다.

"당신 건강 하나 챙기는 게 그리 어려워요? 담배는 왜 거실에서 피우나요? 언제 끊을 건가요? 술은 또 얼마나 사람을 피폐하게 하나요?"

같은 톤, 같은 장소, 비슷한 내용으로 남편에게 늘 잔소리했다. 10년이 넘도록 말이다.

"끊을 거야."

남편의 대답 역시 변함이 없었다.

'아주 나쁨.'

남편의 종합검진 결과였다. 혈압이 매우 높아서 약을 복용해야 하고, 신장이 나쁘니 약물 처방을 받을 수 있도록 몇 가지 검진을 더 해야 하는 지경이었다. 남편에게 말했다.

"여보, 우리 나이를 생각해서 건강에 좋은 음식으로만 식단을 만들고, 운동하는 습관을 만들어 보는 건 어때요?"

"고기 좀 먹으러 가자."

"잡곡밥은 너무 거칠어. 흰밥 좀 먹자."

"찌개나 국 없으면 밥 못 먹어."

하지만 남편은 공감하지 않았다.

'이대로는 안 되겠어!'

나는 결심을 하고 용기 내어 대화를 이어갔다.

"그럼, 하루에 한 편의 건강 영상을 봅시다. 20분밖에 걸리지 않아요. 식습관이든 운동습관이든 잠자는 습관이든 뭐라도 바꾸어야 건강한 삶이 보장되지 않겠어요?" 남편은 마지못해 하루 한 편 건강 영상을 보기로 했다. 두 번째 영상을 보던 날이었다.

"단식이 좋다고 강사가 말하네. 저곳으로 가서 직접 해보자. 보식도 하라는 대로 해보고."

"그럽시다."

남편의 마음이 바뀔까봐 얼른 예약을 했다.

남편에게 잔소리만 하다가 방법을 바꿔서 새벽마다 기도하는 시간을 54일째 하고 있었다. 잔소리의 효력이 없다면 기도하는 아내의 열정을 한번 보여 주자는 마음이었다.

우리 부부는 건강을 위해 보령으로 여행을 떠나기로 했다. 거기서 암으로 투병하는 사람들을 만났다. 그들과 같이 식사하고, 공부하고 산책을 했다. 그들의 경험과 아픔을 나누며 응원해 주었다. 그리고 맨발 걷기의 이론과 실천을 보여 주었다. 감사하다는 말과 함께 눈물 흘리는 그들과의 시간을 지금도 생생하게 기억한다. 그 후, 우리 부부는 감사가 넘치게 되었다. 건강해서 감사, 좋은 의견이나 경험을 나눌 수 있어서 감사했다. 특히 맨발 걷기의 경험은 그들에게 좋은 도움을 주었다.

남편은 수십 년간 피우던 담배를 끊고, 술도 맥주 반 컵만 마시는 습관으로 바뀌게 되었다. 두 끼의 현미 식사와 한 끼의 과일만으로 식단을 바꿨다.

새로운 장소, 새로운 사람 덕분에 우리는 변화하고 성장할 수 있다는 것을 경험했다.

우리 부부는, 남은 인생동안 지속적인 영감을 얻고 변화할 것이다. 미래를 창조해 나갈 것이다. 나의 길을 점검하고, 환경을 점검하는 시간은 꼭 필요하다. 그리고 새로운 결심, 새로운 방법, 새로운 장소, 새로운 사람이 필요하다.

미래를 상상하니 아, 설렌다. 오늘 아침 과일주스를 만들려고 식탁에 내놓은 빨간 사과를 쳐다보았다. 엉덩이를 씰룩거렸다.

익숙한 것과의 결별

익숙한 향기에 중독이 되어 버렸다.

유럽여행 다녀온 티를 낸다고

진한 에스프레소를 매일 마셔댔다.

멋대가리.

30년을 매일 마셨던 커피와의 결별을 고했다.

그리고 3개월이 지났다.

익숙한 향기는 여전히 나를 유혹한다.

그래,

새로운 습관을 만들어 내기까지 유혹은 필수지.

암, 그렇지.

자, 이제

현미과 알록달록한 야채,

정성스레 만든 고소한 밥의 향기에 익숙해져 간다.

성취감과 안정감이 느껴지는 요즘,

나는 건강하다.

쌓이고 쌓인 한 모금의 커피가, 나를 꼼짝 못 하게 하는 중독이 되었음을 알게 되었다. 참새가 방앗간을 그냥 못 지나가듯이 카페 앞을 지나갈 때마다 커피 한 잔은 마셔 주어야지 내 몸이 좋아한다고 생각하던 시간들이 30년이었다.

커피와 결별한 지 3개월이 지났다. 한 모금을 마셔도 중독이 된다는 것을 철저히 경험했기에 이제는 완전히 이별을 고할 수 있도록 할 것이다. 덩달아 시간도 많아졌다. 예전엔 카페에 앉아서 스마트폰 보는 시간이 많았다. 사람들과 나누는 이야기에서 유익함보다는 시간 죽이기를 많이 했다. 카페에서 흥청망청 써 버렸던 귀한 시간을 이제, 산에서 맨발 걷기를 하는데 쓰고 있다.

자주 외식하던 습관도 끊었다. 집밥을 자연스럽게 먹게 되는 요즈음이다. 급하게 밥을 먹던 습관 때문에 위가 종종 고생했었는데, 식사하는 시간을 1시간 이상으로 늘렸다.

식전 30분에 물을 마시고, 식후 2시간이 지나면, 따뜻한 보리차로 위를 달래 준다. 그리고 잠자기 전 물을 마신다. 물 마시는 시간대를 기억하며 잘 지키고 있다.

중독성이 강한 커피와 카페 가기, 외식하는 습관, 밥을 빨리 먹는 습관을 끊어낸 나 자신이 기특하다.

지극히 상식적인 이 습관들에 대해 경험한 것을 주변 사람들과 나누었다. 추석 날, 시숙님과도 습관에 대해 대화를 나누었는데, 3개월이 지난 지금도 실천하고 계신다고 하니 기뻤다.

몸과 마음은 하나라고 한다. 건강 문제를 자각하고, 생각을 변화시켜 행동으로 옮겼다. 지금은 습관을 지배하는 삶을 살고 있다. 소중한 나의 몸과 마음을 위해, 때론 익숙한 것과 결별을 해야 한다. 불편한 감정과 행동을 감수하는 시간을 쌓아 가도록 하자. 변화와 성장에 있어 불편함은 반드시 필요하다. 그리고 맞이하라. 건강하고 평화로운 하루를….

잠을 예찬하다

아함! 하품이 나기 시작해.

잠자리로 들어가렴.

내 몸이 신호를 보내온다.

사부작사부작, 이불을 들추어 본다.

다시금 내 몸에 포근히 내려앉는

부드러운 촉감이 너무 좋아.

가습기의 적당한 촉촉함이

달달한 잠길을 안내해 준다.

침대를 감싸주는 온수 매트의 따뜻함도

함께한다.

오늘아, 안녕.

내일아, 새벽 세 시 반에 만나자.

나는 매일 잠자리에 들기 전, 의식을 치른다. 5년 후 이루어질 최상의 이미지, 최고의 상황을 떠올려 보는 것이다.

책을 읽고, 글을 쓰고, 건강식을 요리하고, 사람들과 대화하고 마음껏 웃으며 행복해하는 나의 모습이 보인다.

아직 태어나지 않은 손자, 손녀들이 타고 있는 그네를 힘껏 밀어주며, 세상을 다 가진듯한 미소를 짓고 있는 내 모습을 상상한다.

동행자들과 함께 설립할 '줌마 대학교' 강당에서 엉덩이를 좌우로 흔들며 춤추고 있는, 소녀 같은 모습도 머릿속으로 떠올려 본다.

생애 최고의 삶을 살아가는, 그리고 생애 최고의 삶을 살아갈 이미지를 맘껏 상상하는 습관을 기르고 있다. 뉴스나 드라마 등 뇌를 자극하거나, 잔상이 남는 매체를 보지 않고, 최상의 이미지를 그리며 잠을 청하는 것이다. 나에게 잠은 최고의 보약이며 문제 해결사이자, 하루를 아름답게 보낼 수 있는 힘을 준다.

나는 잠에 대한 소중함을 주변에 알리고 나누려고 한다.

"주로 몇 시에 일어나세요?"

"몇 시에 잠자리에 드시나요?"

"핸드폰이나 전자제품을 멀리 두고, 사랑스럽고 행복한 꿈을 꿀 수 있도록 숙면하기 좋은 환경을 만드시나요?"

"밝은 기운, 좋은 기분이 드는 것을 보고, 듣고 상상하시나요?"

나의 잠자리는 세상에서 가장 안전한 장소이다.

내 몸을 보호하는 의식이 되어준다.

나의 건강 생활이란, 질 좋은 잠을 자는 것이다.

자유롭다

새벽 시간,

나의 영혼은 자유롭다.

좋은 습관으로 다져진 내면의 충만함이

한 가득이다.

나의 건강과 미래를 신뢰한다.

나의 영혼,

나의 영혼,

나의 영혼이 자유롭다.

"아, 잘 잤다."

주일날 오전, 나는 푸욱 쉬었다. 일주일 동안 애쓰며 달려온 나에게 휴식과 자유를 주고 싶었다.

정오가 넘어가고 있는 예쁜 시간, 최근 도심 생활을 정리하고, 시골 군위로 이사 간 아가다 님 댁으로 차를 몰았다. 안타깝게도 가을에 위암 수술을 받으셨다. 약을 먹으며, 병원 치료를 받고 있다고 하셨다. 어떻게 지내시나 궁금하기도 하고, 조용히 시골길을 산책하고 싶은 마음이 생겨 연락을 드리고 바로 달려갔다.

1,700여 평의 대지에 10평의 작은 공간에서 부부가 생활하고 있었다.

"자유롭고, 너무 좋아요." 아가다 님은 한층 밝은 목소리와 표정으로 말했다. 작은 공간에서의 자유를 예찬하면서 차려온 음식은 나에게 너무 생소했다. 생호박과 가지에 이어, 보라색 콜라비를 껍질째 잘라 왔다.

"물에다 소금을 조금 풀어서 찍어 드셔보세요." 여러 가지 야채를 쌈으로 만들어 소금물에 찍어 먹었다. 맛이 참으로 오묘했다. 가지도, 호박도 맛있었다. 나는 편안하게 앉아서 맘껏 먹었다. 자연의 맛 그대로, 열을 가하지 않고, 음식을 먹으니 몸이 자유롭다는 느낌을 받았다.

“좋은 음식을 먹으니 내 몸이 자유롭네요.” 오후 내내 자유에 대한 이야기로 우리들은 웃음꽃을 피웠다. 오후 4시, 들판으로 나가 빠른 걸음으로 한 시간 이상 걷기 운동을 했다. 저녁까지 든든히 챙겨 먹고, 캄캄해진 시골 마을에 내 마음을 두고 집으로 돌아왔다.

좋은 음식으로, 좋은 길로, 좋은 사람들로 내 몸과 마음이 자유로워질 수 있다는 것을 알게 되었다. 자유를 느낄 수 있는 나는, 모든 것이 건강한 사람임을 알게 되었다. 이정숙! 마음껏 자유롭기를! 여러분! 마음껏 자유를 누리세요!

몸, 설렘

과거 내 몸에 화해를 청한다.

오늘 내 몸에 뿌듯함을 전한다.

미래 내 몸에 설렘을 예약한다.

내 영혼의 그릇,

내 몸은

소중한 사람들의 꿈을 이루어주는

큰 그릇이 되어줄 것이다.

이제는 경제적으로도 여유로웠고, 자녀들도 잘 자라 주었다. 그런데 어딘가 불편했다. 내 몸과 마음이 보내는 신호였다. 6년 전, 이태리 요리학원을 다녔던 사람들과 새벽 독서 모임을 함께 했다. 그때 치유와 성장에 관한 글을 읽었다.

"그거 아세요? 〈호오포노포노의 비밀〉 책에서 제시하고 있는 기도를 실천하는 분이 계시대요."

하와이인들의 전통적인 문제 해결법 '호오포노포노'는 '바로잡다' 혹은 '오류를 정정하다'를 뜻한다. 호오(Ho'o)는 하와이 말로 '원인'을, 포노포노(Ponopono)는 '완벽함'을 의미한다. 고대 하와이인들에 의하면 오류는 과거의 고통스러운 기억들로 얼룩진 생각들에서 비롯된다고 한다. 호오포노포노는 불균형과 질병, 일상의 여러 문제와 다툼을 유발하는 이런 고통스러운 생각들, 즉 오류의 에너지를 방출해서 우리의 말과 행동이 최적의 효능을 발휘하도록 돕는 과정이다.

'미안해요' '사랑해요' '용서해 주세요' '고맙습니다' 네 마디 주문이 당신의 삶을 변화시킨다.

-〈호오포노포노의 비밀〉 YES 24. 출판사 리뷰 중-

“저도 예전에 그 책을 본 적이 있어요. 그분을 만날 수 있을까요?” 분명히 무언가 있을 것이라는 느낌이 들었다. 나는 내 직관을 잘 믿는 편이라, 바로 연락처를 달라고 했다. 다음날 오전, 독서 모임을 하던 장소에서 그분을 만났다. 그분의 표정, 말투, 사용하는 언어 모든 것이 몸과 마음에 있는 독소를 빼 주는 것만 같았다. 며칠 후 있을 리더들 모임에서 〈호오포노포노의 비밀〉 책을 한 권씩 선물하려고 준비했다. 미안하고, 사랑하고, 용서를 구하고, 고맙단 말을 아끼지 않을 수 있는 나의 소중한 사람들을 위해 말이다.

전에 읽었던 책이지만 다시 읽으면서 책에서 강조하고 있는 내용들을 실천하는 시간을 가졌다. 마음의 평화가 찾아왔다. 편안한 시간에 여행을 가서도 과거의 불안감 때문에 잠을 쉽사리 자지 못하던 나였다. 얼마나 긴장하며 지냈던 지난 날이던가. 과거의 내 몸에게 말했다.

“미안합니다. 사랑합니다. 감사합니다. 용서합니다.” 갑자기 왈칵, 눈물이 쏟아졌다. 미안하고 감사한 마음을 계속 말로 표현했다. 그리고 머리카락부터 발가락 끝까지 내 몸을 천천히 어루만져 주었다.

10여 년 전보다 내 몸이 더 가볍고 편안하다는 것을 느끼고 있는 요즈음이다. 몸에 해로운 음식은 먹지 않고, 건강의 최적화를 위한 식단으로 내 몸을 관리하며 지내고 있다. 미안하고, 감사한 마음으로 살아간다면, 미래의 나의 몸은 나에게 보답할 것이다. 건강하고, 아름다운 마음을 담은 몸, 그래서 더 많은 사람들에게 좋은 영향력을 끼칠 수 있는 영혼을 담고 있는 몸이 될 것이다. 나의 미래는 눈부실 것이라 확신한다. 눈부셔야만 한다. 나와 함께할 사람들의 미래를 위해서라도 말이다. 나의 몸에 설레는 마음을 가진다는 것, 큰 축복이다.

몰입에 익숙한 사람은

삶을 가능한 단순하게 만들고

더욱 집중한다.

– 공병호 –

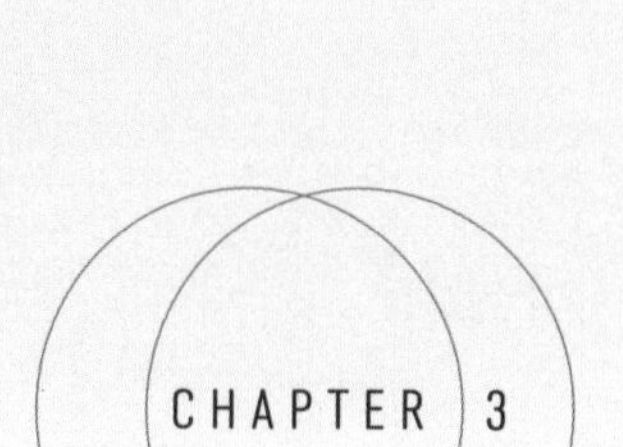

또 다른 나를 만나는 시간 :

몰입

질문하고 답하고

사람은 무엇으로 살아가는가?

사랑으로.

신이 함께 하심을 믿으며.

나는 지금 무엇으로 힘을 회복하고 있는가?

채식 요리와 현미식 식단으로.

매일 산길을 맨발로 걸으며.

내가 감사하게 여기는 것은 무엇인가?

이야! 수도 없이 많네.

매일 아침 저녁으로 감사 일기장에 써 놓은 것들.

좋은 습관으로 새벽을 시작하는 것에 감사하고

624 독서 모임을 함께해 주고 있는 사람들에게 감사하고

멘탈 트레이닝 5기 출범을 감사하고.

나는 현재, 어떤 미래를 만들어 가고 있는가?

최상의 나의 이미지는 어떤 것인가?

나는 어떤 삶을 살고 싶은가?

나는 누구인가?

무엇이 가장 가치 있고, 의미 있는 일인가?

당장 그만두고 새롭게 장착하고 싶은 습관은 무엇인가?

스스로 질문하고 답하는 이 시간이 참 좋다.

어젯밤, 넓은 집을 두고서 5명의 팀원과 우리 부부는 6평짜리 농막에 모였다. 독서 모임을 3년 동안 꾸준히 지켜온 우리를 자축하며, 파티를 즐기기 위해서였다.

사랑과 은혜가 많으신 주님, 감사하고, 감사합니다.
하루를 시작하는 새벽 시간, 주님을 만나는 영광을 허락하심에 감사드립니다.
기도하는 아내로 살아온 지 33년이 되었습니다. 남편의 건강이 회복되고 있음에 감사합니다.
기도하는 엄마로 살아가도록 해주심도 주님의 축복임을 믿습니다. 아들, 딸의 가정을 축복하는 시간도 감사합니다. 기도하는 리더로 살아온 지 25년이 되었습니다. 함께 비즈니스 하는 팀원들의 가정을 축복하는 시간도 감사합니다.
오늘 하루도 주님 안에서 현존하는 시간을 허락하여 주심에 감사드립니다.

-이른 새벽, 나의 기도-

나는 힘들지만, 새벽마다 기도하고, 글을 쓰며, 멘탈 트레이닝을 해왔다. 이것이 매일 새벽마다 내가 일어나서 반복적으로 진행하는 루틴이다. 624 독서 모임 강의를 위해 캠핑카 안에서는 줌을 실행했다. 그런데 소리가 들렸다 안 들렸다 해서 어쩔 수 없이 자고 있는 남편을 깨워 도움을 요청했다. 남편의 도움으로 624 독서 모임 강의를 무사히 잘 마무리할 수 있었다. 나의 든든한 지원군인 남편이 있어서 더욱 힘이 났다.

독서 모임이 끝난 후, 아침을 건강식으로 지어 먹고, 점심에 합류할 팀들을 위해서 음식을 준비했다. 2021년 새해의 연간, 월간을 계획하는 강의를 들으며 오후를 마무리했다. 우리들의 파티를 이제 나만의 파티로 만들어 봐야겠다고 생각했다. 스스로 질문하고 답하는 파티를 시작해 본다.

Q. 나는 누구인가?

A. 하느님의 어여쁜 딸이며, 귀하고 귀한 사람이다.
기도하는 아내이자, 어머니이며, 기도하는 리더이다.

Q. 나는 현재 어떤 미래를 만들어 가고 있는가?

A. 건강하며 지혜로운 사람으로 살아간다.
매 순간 기쁨을 발견하며,
나누는 삶을 실천하는 미래를 만들어 가고 있다.

Q. 내가 생각하는 확신과 충만함이란 무엇인가?

A. 목적지가 있고, 목표가 있는 삶이다.
아침, 저녁마다 좋은 습관으로 나를 단련시키고,
나 자신을 신뢰하는 충만한 삶을 살아가고 있다.

Q. 나는 어떤 삶을 살고 싶은가?

A. 사람들과 어울려서 기쁘게 살고 싶다.
자연에서 채취한 천연재료들로 음식을 만들어 먹고,
문화와 철학을 나누면서 살고 싶다.
그리고 누군가에게 도움 줄 수 있는 존재로

살아가기를 바란다.

죽는 날까지 현역으로 일하며 100세에도 농사를

지을 수 있는 건강함으로 살아가고 싶다.

Q. 나의 미래는 어떻게 펼쳐질 것인가?

A. 100명 이상의 친구들과 울고, 웃으며 성장하는

자연인으로 살아가고 싶다.

산 하나를 통째로 자연 학교를 지어,

그곳에서 자연치유 작가로 살아가는 것이다.

나에게 집중해 보는 질문과 답이지만, 결국 소중한 사람들과 함께하고픈 미래의 꿈과 맞닿아 있다. 그래서 나는, 매일매일 설레고, 충만함을 느낀다. 참 좋다.

하루를 허투루 살지 않을 수 있는 방법

나를 가장 잘 알고 계시는 주님을

아침에 제일 먼저 만납니다.

잠재 되어 있는 의식은

기도 후, 감사 일기를 적으면서 만납니다.

긍정 선언문을 작성하고 낭독합니다.

오늘 떠오르는 생각이나 느낌을 모닝 페이지에 담아냅니다.

어느덧 아침 2시간이 흘러

6시가 되면

국민 체조로 몸을 깨우고

624 독서 모임에서 신나게 영감을 깨웁니다.

그들과의 뜨거운 만남으로

나는 또 나를 만납니다.

오전에는

햇살 좋은 산을 맨발로 걸으며 나를 만납니다.

오롯이 나를 만나는 시간은

감사와 사랑으로 충만합니다.

BON

나와의 만남.

처음에는 나와의 만남이 어설펐다. 잘 만나지지도 않았다. 하지만 중요성을 깨닫고 100일 기도하는 마음으로 실행한 것을 체크했다. 모닝 페이지에 의식의 흐름, 느낌과 생각을 기록하니, 나와의 만남이 자연스러워졌다. 신께서 불러 주시는 대로 받아 적는다는 느낌이 들었다.

오전 시간은 나를 만나는 시간으로 배정하기로 하였다.

햇살 좋은 오늘, 산으로 맨발 걷기를 가야겠다. 나를 만나는 시간, 산으로 맨발 걷기를 시작한 지 나흘째가 되었다. 땀을 흘리고, 상쾌한 공기를 마시고, 새소리와 바람 소리를 들으면서 걸어야겠다.

"어서 오세요."

햇빛이 어서 오라고 손짓하는 것 같다.

땀을 흘리며, 맨발로 산을 걸으니 참 좋다. 조용히 나와의 만남을 가져본다.

공기 좋은 자연 속에서 글 쓰는 작가로, 자연에서 채취한 나물과 약초로 건강한 밥상을 차리는 천연 요리 연구가로, 살아가고 있는 나. 후배들의 가정에 자연식 요리 철학을 가르치며 그들을 돕는 삶을 살고 있는 나와의 만남이 참 좋다.

하루를 허투루 살지 않을 수 있는 방법 중 하나, 자주 나를 만나는 것이다. 그리고 나와의 만남을 기록하고 이루기 위해 노력하는 것이다.

표정은 평화로우며 다정다감한 할머니의 모습, 순리대로 살아가는 법을 배우고 실행하는 것을 즐기는 나,

손자, 손녀들이 "할머니, 그네 밀어주세요. 이따가 맛있는 음식 만들어 주세요"라고 말한다.

젊은 아이 엄마들에게 자연 요리법을 알려주고 있는 나, 자연식 건강 밥상 전도사인 나.

이 모습은 미래의 나이다. 나의 미래를 상상한다는 것, 그건 미래의 나와의 만남을 말한다. 내가 꿈꾸는 미래의 나와의 만남을 위해 나는 노력하며, 하루를 허투루 살지 않는다.

나는 누구인가

아침마다 질문하고 답한다.

비바람이 불던 수많은 아침이 지나가고

아름다운 가을이 올 때까지

같은 질문에 답했다.

무더운 여름날, 서울 나들이로 김시현 작가를 만났다.

그날 이후,

'나는 누구인가?'를

끊임없이 질문하고

스스로에게 답했다.

'나는 누구인가?'

'나는 선물이고, 꽃이지.'

왜 눈물이 나는 거야.

너무 애쓰며 살았는가.

내가 나를 만나 행복한 새벽이다.

나는 누구인가.

37번째, 같은 질문을 나에게 던졌다. 날마다 답이 달랐는데, 오늘은 '내가 선물이다'라고 적었다. 가볍게 시작한 시 한 편에서 와락 눈물이 났다.

뭐지? 뭐야?

'해 보자'라는 마음이 생겨났다. 그 후로도 25일 동안 매일, 새벽 같은 시간과 장소에서 나에게 꾸준히 질문을 던졌다. 25일이 지나고, 또 한 번의 25일, 그리고 100번을 같은 시간, 같은 장소에서 질문을 했다. 중요한 질문이지 않은가?

나는

자연에서 나고, 자연으로 돌아갈 자연인이다.

나는

하느님의 어여쁜 딸이다.

나는

건강 전도사이다.

나는

치유되며 치유하는 사람이다.

나는

사랑과 지혜가 많은 엄마이다.

나는

행복을 연구하는 아내이다.

나는

책 읽는 할머니이며, 글 쓰는 할머니이다.

2021년, 나는 60살이 된다. 제 3의 인생, 제 3의 나 자신으로 살아갈 준비를 하게 될 것이다. 100번의 질문을 통해 발견하게 된 또 다른 나의 모습으로 인생의 황금기를 맞이할 것이다. '나는 누구인가'라는 단순한 질문을 반복한 결과이다. 준비되어 있는 나를 만날 생각을 하며, 매일 나에게 감동한다.

나를 위한 기도

관계의 어려움.

생각이나 목적이 다를 때.

느끼는 감정을 침묵하며

조용히 기도하는 시간을 가진다.

무거운 짐을 지고서 살아왔었지?

힘들고 어려운 환경에서도

꿋꿋하게 살아온 나에게

큰 위로가 되었던 말이 있었지.

그래, 해 보자. 할 수 있어.

할 수 있는 것부터 하자!

나에게 말하는 순간,

마음은 새가 되었다.

문장 하나로
내 마음이 이렇게 달라지다니
글의 힘, 말의 힘을 믿으며
잘 살아왔다.

하느님, 도와주세요.

주님, 도와주세요.
눈물을 흘리며
그분께 다가갑니다.
무슨 말을 하여도 다 받아 주시는
그분께로 갑니다.
더 큰 위로와 평화를 주시니
나는 더욱 강건하게 나아갑니다.

무겁고 힘든 것들 모두가
가벼워졌다.

연말이 되니 주변이 어수선하다. 작년과는 사뭇 다른 차가운 겨울 공기, 힘든 경제 공기가 우리 주위를 맴돈다. 함께 비즈니스 하는 사람과도 생각이나 목적이 각각 다를 수 있다 보니, 미팅이 순조롭지 않았다. 사람은 같은 상황이나 감정에서 넘어진다는 것을 깨달았다. 나도 예외가 아니겠지? 같은 문제로 넘어지지 않기 위해 내가 할 수 있는 것은 무엇일까? 오늘 아침, 묵상을 하며 하느님께 나아가는 기도의 시간이 어느 때보다 귀했다.

그래.

다르게 생각하고 다른 방법으로 해결해 보자.

내가 할 수 있는 일을 차분하게 잘 하고 있어야지.

필요한 말이나 필요한 것들을 그분께서 채워주시고 알려 주실 거야.

지금 할 수 있는 일에 집중하자.

문제에 대하여 고민하지 않을 거야.

용기가 생기니 마음이 훨씬 가벼워졌다.

할 수 있는 일을 묵묵히 하며 절제할 말과 행동들을 생각했다.

팀을 도울 수 있는 일들을 하자고 마음먹었다.

이 결심을 하는 것만으로도 마음이 따뜻해졌다.

같은 문제에서 넘어지지 않기 위하여 깨어있는 이 시간이 참 좋다.

두려움과 불안을 극복하는 힘

오늘 나에게 가장 기쁜 일이 무엇일까,

나를 움직이게 하는 힘은 어디에서 나오는 것일까,

무엇에 가장 감사해야 할까,

오늘 나에게 조언과 직언을 해 줄 분은 누구인가,

가장 잘 해낼 일은 무엇인가,

오늘 꼭 알아야 할 일은 무엇인가.

두려움과 긴장을 유쾌하게 다루어줄 힘,

적절한 질문과 함께하는 아침 일기.

원하는 것을 못할 이유가 없는 강한 멘탈을 가지고 싶다면, 아침 일기를 쓰자.

아침에는 회복된 몸에서 나오는 힘이 있다. 새벽 3시 반에 일어나 오롯이 나 자신을 위한 글을 쓴다. 나이 육십에 다시 꿈을 기록하고 그것에 도달하기 위한 시간을 가지는 것이다. 원하는 것을 못할 이유가 없다. 훈련과 습관으로 나를 만들어 가는 순간이 아침 일기 쓰는 시간이라고 말하고 싶다.

아침 일기는 실행에 초점을 맞추어 쓴다.
아침 일기는 두려움과 불안을 극복하는 힘이 있다.
긍정적인 사람이 되어 실행의 기쁨을 얻는 것은
오직 훈련과 습관을 의지할 때 가능한 일이다.
오늘도 아침 일기를 쓴다.

해마다 12월이 되면, 내년에 이루고 싶은 꿈을 생각하느라 행복한 고민을 하게 된다. 그리고 올 한 해도 '성장하였구나.' '수고하였구나.' '애썼구나.' 하며 나에게 칭찬해주게 된다. 이 모든 것을 아침 일기와 함께하고 있다.

두려운가? 불안한가?

당연하다.

잘 살고 있는가? 이루고 싶은 꿈이 있는가?

멋지다.

아침에 쓰는 일기로, 당신의 두려움과 불안을 유쾌함으로 바꾸어 보자.

아침에 쓰는 일기로, 당신의 삶을 토닥거려주고 당신의 꿈을 응원해 주자.

우리는 각자 하나의 날개만 가진 천사들이다.
우리는 서로를 껴안음으로써 날 수 있다.

- 루크레티우스 -

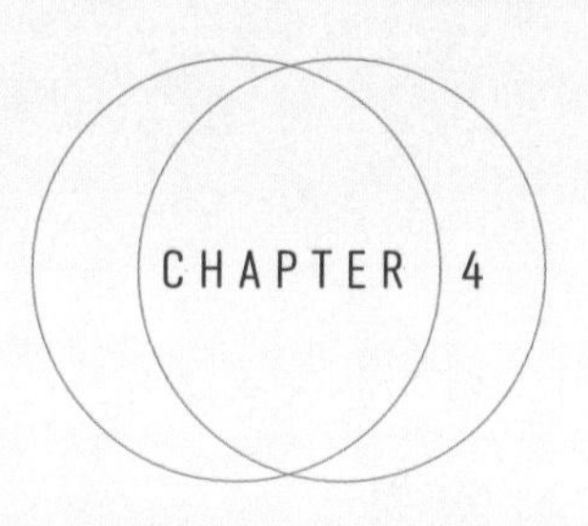

새들의 지저귐 속에도 :

교감

기특하고 어여쁩니다

인생의 제 2막.

기특하고 어여쁜 내가 되어 가는 것을 본다.
가치 있게 나이를 먹는다는 것.
매 순간 기쁨을 발견하고, 감동을 발견한다는 것.
하루를 시작하는 새벽을 즐긴다는 것.
624 독서 모임을 매일 운영한다는 것.
주고자 하는 사랑이 충분히 있다는 것.
건강 밥상, 자연 밥상을 매일 차린다는 것.
건강을 지키는 습관을 가지며 나눈다는 것.
배우고, 나누며 서로 함께하는 내가 참 기특하고 어여쁩니다.

10여 년 전 어느 날, '모닝 페이지'라는 단어가 내 눈에 들어왔다.

> 매일 아침, 가능하면 일어나자마자, 무슨 내용이든 3쪽을 쓰라. 단면 노트에 손으로 쓰고, 당신만 보도록 하라. …… 모닝 페이지는 우리에게 남아 있는 전날의 정신적 잔여물을 말끔하게 없애준다.
>
> -줄리아 카메론. 아티스트 웨이. 청미-

'뭐지, 이게 뭐지?'

줄리아 카메론의 〈아티스트 웨이〉라는 책이 처음 내 손에 들어오던 날이 기억난다. 잠들어 있던 나의 영혼이 깨어나는 느낌이었다. 나는 바로 노트와 연필로 모닝 페이지를 작성하였다.

내 안의 묵혀 둔 감정들 두려움, 억울함, 슬픔 등을 노트 위에 다 모두 쏟아 내었다.

'아티스트 데이트'라는 단어가 눈에 들어왔다. 쉽게 말해, 나의 내면에 있는 아티스트와의 데이트를 말하는 것이다. 나는 촛불 하나만 켜 놓고 가수 이선희의 노래를 들었다. 머릿속에서 바다와 배가 연상되었다. 음악에 맞춰 즉흥적으로 춤을 추고 나니, 나의 일부로 여겼던 미래의 막연한 불안, 두려움, 남을 의식했던 여러 가지 감정들, 의심들이 사라져 버리는 것 같았다. 나는 실컷 울었다. '아티스트 데이트'라는 것이 이런 거였구나.

어린 나를 달래며 '수고했다, 참 잘 견디어 왔구나.' 스스로를 다독여 주었다.

코로나19로 혼란스러운 2020년 2월, 나는 모임을 시작했다. 624 독서 모임. '6시를 2번 만나는 4람들의 모임'이라는 뜻이다. 그리고 지금까지 하루도 빠짐없이 이어지고 있다.

나는 새벽 3시쯤이면 가뿐하게 일어난다. 매일 새로운 배움과 나눔으로 더욱 깊어지고, 넓어지는 어른이 되어 간다는 건, 어여쁘고 기특한 일이다. 후배들에게도 매해 맞이하게 되는 가을이 아름다울 수 있도록, 미래의 길을 안내해주는 안내자가 되고 싶다. 또한 천연재료 요리로 건강한 밥상을 차리고, 철학도 나누고 싶다. 그리고 글쓰기와 시를 쓰는 것도 알려주고 싶다. 변화하고 성장하는 환경에 사람들을 초대해 함께 하고 싶다. 나와 동행자들과 함께 하며, 나의 후반부의 삶도 찬란히 빛날 것이라고 믿는다.

문제 아닌 것이 있을까?

좋게 보면 모두 좋게 보인다.

문제로 보면 모든 게 문제이다.

따지기 위한 질문에는

답하기 싫어진다.

침묵이 답이다.

나를 성찰해 보는 새벽.

나의 미성숙으로 상처 주는 말을 한 적은 없었는지.

상호 존중하는 소통이 절실한 시기이다.

문제가 아닌 협력으로

선을 이루어가기를 간절히 기도한다.

이 시대의 어른으로 우뚝 서 계시는 세 분의 이름이 생각났다. 이시형 박사님, 김형석 교수님, 김동길 교수님이시다. 세 분의 평균 연령은 94세, 모두 책을 출간하셨는데, 이시형 박사님은 100권이 넘는 책을 쓰셨다.

선한 목적을 가지고 인생을 사노라면 줏대 없이 흔들리지 않는다.
목적을 위해 일로 매진만 한다면
남들이 뭐라 하든지 왜 신경이 쓰이겠는가.
-이시형. 이시형 박사의 둔하게 삽시다. 한국경제신문사-

'어떻게 살았는가' 묻는다면 부끄럽지만
내 나름대로의 대답이 있었다.
나는 사랑하기 위해 살았다.
-김형석. 백 년을 살아보니. 덴스토리-

그 누구와도 비교할 필요가 없습니다.
철두철미하게 정직한 사람이면 됩니다.
-김동길. 청춘이여 주저하지 말라. 청미디어-

세 분들의 업적, 긍정적 사고방식을 읽고, 배우면서 살아가야겠다는 생각이 들었다. 선한 목적이 있다면 마음이 꼬이지 않는다. '어떻게 살았는가?' 생각하고 산다면 마음이 꼬이지 않는다. 철두철미하게 정직한 사람이 된다면 마음이 꼬이지 않는다.

어제 저녁에는 '의학 신간'이라는 프로에서 이시형 박사님이 출연한 영상을 보았다. 87세임에도 불구하고 여전히 집필 활동을 하며 건강을 유지하는 모습을 보면서, 나도 저렇게 살아가야겠다고 생각했다.

〈면역 혁명〉이라는 책에 나오는 대로 질문하고 답하는 시간을 가졌다. 비록 영상으로 만났지만, 깊이 공감했다. 생활에서 실행하고 있는 것, 또 깨닫고 실행할 것들을 노트에 기록하면서, 끊임없이 배우고, 성찰하고, 실천하는 사람이 되고 싶다.

새로운 일을 하고자 하면 주위에서 문제점부터 보며 부정적인 시선을 보내는 사람들이 있다. 어떤 일이든 문제로 보는 사람들을 설득시키기 위한 노력은 시간 낭비라는 생각이 들었다. 내 삶의 목적, 삶의 방식, 정직한 마음에 집중하기로 했다.

성숙과 미성숙은 마음 하나의 차이가 아닐까 싶다. 상호 존중하는 아름다운 삶들이 되기를 바라본다. 문제로 보지 않고 새로운 기회로 보는 시선, 문제를 내 삶에 적용시켜 보는 것, 문제를 돌파해 가는 사람이 되는 것. 이것이 진짜 살아있다는 증거이고, 앞으로도 그런 삶을 살아갈 것이다.

아침 습관

아침은 기도로 시작된다.

아내로,

엄마로,

아침 기도에서 받은 영감으로 모닝 페이지를 쓴다.

모닝 페이지로 하루를 계획하고, 하루를 상상한다.

그리고 건강한 하루를 선물 받는다.

충만한 하루를 살아간다는 것은 무엇일까?

1년 동안 같은 시간에 일어나고, 같은 시간에 온라인에서 사람들을 만나고 있다. 새벽에 일어나 기도와 모닝 페이지로 하루를 시작한다. 그러면 하루를 시작할 수 있는 힘을 생겨난다. 하느님이 나에게 들려주실 이야기는 무엇인지 조용히 귀 기울여 보고, 오늘 하루 어떤 중요한 일이 있는지 기록하며, 무엇에 감사한지도 적는다. 앞으로 나의 미래는 어떻게 펼쳐질 것인지 상상하는 글도 적어본다. 오늘 하루 어떤 느낌과 생각으로 시작하며, 일들을 처리할 것인지에 대하여 미리 상상해 본다. 이렇게 하면 나는 하루를 두 번 사는 게 된다.

상상으로 한 번 살아보고, 직접 현실 속에서 살아가면서 나의 목표나 뜻이 단단해지고, 이루어져가는 것을 느낄 수 있다. 아침을 여는 좋은 습관으로 하루의 에너지를 얻다 보니 삶에 활력이 넘치게 된다. 부드럽게 힘을 빼고 살아가니 에너지가 많이 남는다. 축적된 에너지를 중요한 곳에 사용할 수 있어서 좋기도 하다. 또한 몸과 마음이 건강해지고 여유로워졌다. 아침의 좋은 습관으로 매일매일 에너지 넘치는 하루를 살아간다.

나이 듦

어여쁜 가을과 함께

어여쁘게 나이 들어가는

또 한 계절의 어여쁜 나를 만나다

가벼운 마음으로 팔공산 나들이를 갔다. 그곳에서 가을이 오는 소리를 들었다. 배추와 상추, 메밀 등 씨앗을 뿌렸었는데 새싹이 자라고 있었다. 모기와 사투를 벌이다 객실로 들어와 포도와 복숭아로 저녁 식사를 마치고, 집으로 돌아오는 길에 아이들과 영상 통화를 했다.

뽀글이와 백구가 보이는 화면 속 아이들은 건강하고 즐거워 보였다. 감사하고 감사한 일이다. 건강할 때 건강을 지키고자, 아이들에게 금식을 권하고 시온 동산에 소풍 가기를 제안했다. 기꺼이 시간을 내어서 가겠다고 하였다. 필요할 때 필요한 시간에 잘 받아 주는 딸아이의 지혜가 이쁘다.

매일 아침 기도하고, 멘탈 트레이닝과 선언문을 필사하고, 아침 독서를 시작한다. 요즈음 읽고 있는 책은 배철현 님의 〈승화〉이다. '승화'라는 단어를 좋아한다. 좋아하는 단어를 책 제목으로 만나게 되니 반가움이 더했다. 이 책은 읽으면 읽을수록 더 읽고 싶어지는 책이다. 그래서 진심으로 사람들에게 많이 권하기도 하였다.

변화란

타인에게 요구하는 폭력이 아니라

나 자신에게 부탁하는 정중한 초대이다.

변화는

엉겨 있는 실타래를 나의 생각과 말,

그리고 행위로 하나씩 풀어내는 행위이다.

- 배철현. 승화. 21세기북스 -

주옥같은 글이다. 배철현 님의 팬이 되어버렸다.

육십을 앞두고 있는 나이, 책을 읽고, 글을 쓰며 공부하는 단순한 즐거움을 만끽하고 있다. 또 하나의 책 〈나이 듦의 영성〉이라는 책이 내게로 다가왔다. '단순함과 고요함 그리고 비운 느긋함은 평화로움'이라는 문장이 내 마음속에 들어왔다. 글을 쓰는 단순함, 글을 읽는 고요함, 그리고 공부할 수 있는 느긋함.

이 모든 것이 승화이고, 나이 듦의 영성이 아닐까.

나는야 산타 할머니

나눌 수 있는 삶.

나눌 수 있는 사람.

나눌 수 있는 오늘.

나눌 수 있는 성탄의 기쁨.

나는야 산타 할머니.

매주 월요일마다 라디오 방송을 하고 있는 '톡톡톡 팀앤팀'에서 연락이 왔다. 크리스마스 특집으로 나를 '이 산타'로 모시고 싶단다. 무슨 선물을 준비할까, 갑자기 행복해지는 산타 할머니가 되었다.

수고하는 리더들과 줌으로 만나고 있는 친구들을 생각하며, 20개의 선물과 10분짜리 멘트 슬라이드를 준비했다. 리허설을 하기 위해 일찍 센터로 나갔다. 수고하는 팀에게 고마움을 표현하고, 마음을 담아 인사했다.

한 주간 보낸 굿뉴스와 성과 등을 나누는 시간을 가졌다. 열정과 사랑으로 자신의 삶을 경영하는 '줌마들의 행보'를 칭찬하며 응원했다.

산타 할머니답게 가지고 간 선물을 나누어 주었다. 지방에서 올라온 리더 한 명의 생일을 축하하고, 금일봉까지 챙겨주니 모두가 행복한 시간이었다. 웃음과 노래로, 한 해 수고 많았다고, 덕분에 즐거웠다고, 그리고 참 잘했다고 서로의 마음을 토닥거려 주었다. 함께 하는 팀원들이 무럭무럭 성장하는 시간이 되었기를 바라며, 그분들의 성장을 도울 수 있는 것이 무엇일까, 더 많이 생각하고 생각하였다.

오늘 나는, 귀여운 산타 할머니가 되었다.

이 산타로 불러줘서 고마워요.

가족 독서 모임, 어때요?

소중하다, 아름답다, 영원하다, 와 어울리는 말은

가족.

숙연해지다, 배우다, 성장하다, 와 어울리는 말은

독서.

행복하다, 나누다, 추억하다, 와 어울리는 말은

모임.

이렇게 또 우리 가족은 새로운 역사를 쓰고 있다.

우리 가족 주변에는 책이 많다. 아이들은 어려서부터 책 읽는 것을 좋아했다. 요즘은, 훌쩍 커 버린 아들과 딸에게 자주 책 이야기를 듣게 되고 좋은 책들을 추천받기도 한다.

생각뿐만 아니라 행동의 변화를 도와준 책, 사는 것 자체가 감사와 감동임을 알게 해주는 책, 나의 소중한 지인들에게 나누어 줄 수 있는 것은 무엇인지 생각나게 하는 책들을 읽고 나면, 흩어져 살고 있는 가족들과도 책 이야기를 함께 해 보고 싶다는 생각이 들었다.

그리고 나의 생각은 현실이 되었다! 드디어 줌을 이용해, 가족 독서 모임을 실천하게 된 것이다.

일주일 동안 같은 책을 읽고, 감명 깊었던 부분이나 새롭게 떠오른 생각, 앞으로 실천하고 싶은 부분을 각자 한 가지씩 나눈다. 또는 개인적으로 인상 깊게 읽었던 책을 한 사람씩 돌아가며 가족들에게 소개해 주기도 한다.

"요즘엔 매일 유튜브를 하고 있어요. 구독 부탁드려요." 유튜브의 매력에 빠져 있는 딸 아이가 경쾌한 목소리로 말했다.

"마리 이 녀석이 어찌나 밥을 잘 먹는지 모르겠어요." 아들은 줌 화면으로, 함께 살고 있는 고양이 마리의 얼굴을 쑤욱 내밀어 보였다.

가족 독서모임 때 사용하는 호칭으로, 아들도 딸도 남편도 이름 뒤에 모두 '님' 자를 붙였다. 가족 사이에 수평적인 호칭을 쓰면서 각자의 삶과 생각을 나누는 시간이 참 귀하다.

모임을 마치기 전에는 책을 들고 있는 가족들 모습을 사진으로 남긴다. 함께 하는 새벽 독서모임 동지들에게도 가족 독서 모임을 하자고 제안하고 싶다.

가족 독서 모임은 좋은 문화이다. 나에게 또 하나의 꿈이 생겼다. 이 모임을 후손들에게 대한민국에 널리 전파하는 것이다.

고향의 봄

나른하다가도 어느새 눈부신 하늘,

싸늘하다가도 어느새 상쾌한 새벽 공기,

꽃의 향기가 그리움이 되는 기억들이 있다.

소 몰며 밭갈이 하시던 아버지,

온 우주였던 우리 엄마,

고향 친구들,

나물 바구니와 언니들,

산 부엉이 소리,

개구리 소리,

고향 집 너머로 아롱지던 아지랑이,

그리고 고향의 봄 노래까지,

봄은 나에게 그리움이다.

봄은

그리움이다.

나의 살던 고향은 꽃피는 산골

고향의 봄 노래를 듣게 될 때면 한동안 울컥했다. 몇 년 전, 돌아가신 우리 엄마가 나에겐 고향의 봄이기 때문이다.

고향 집 마당에 들어설 때마다 6살 아이 모습 그대로 "엄마. 엄마!"를 외쳤다. 먼 옛날, 학교에서 돌아올 때에도 어김없이 제일 먼저 외치는 말, "엄마. 엄마!"였다. 육십 년 가까이 불러왔던 '엄마'라는 단어와 '고향의 봄' 노래는 쌍둥이 같다. 보랏빛 벨벳 천으로 만든 한복을 곱게 차려입고 외갓집 다녀오시던 엄마 모습이 여전히 내 머릿속에 선명하게 남아 있다. 지금은 봄도 아닌데, 엄마 생각이 난다.

그리운 엄마를 불러 본다.

엄마, 엄마! 듣고 계시나요? 엄마, 엄마! 보고 계시나요? 엄마를 그리워하며 올봄에도 예쁘게 피어날게요. 누군가의 봄이 될 수 있도록, 누군가의 이름이 될 수 있도록 그리 살게요. 나의 고향의 봄, 나의 엄마!

드라이브

노오란 지프에 캠핑차를 달고 달렸다.

웅장한 클래식 음악을 들으며,

"자연은 아름다워. 인생은 즐거워"를 되뇌이며,

우리 부부는 달려갔다.

'오렌지 꽃향기는 바람에 날리고'

내 마음을 닮아있는 카페 이름을 찾았다.

아, 멋지다.

봉화 일대의 산들에 우리가 왔음을 인사하듯 이곳저곳을 누비고 다녔다.

'오렌지 꽃향기는 바람에 날리고? 이 간판은 뭐지?' 간판을 따라 꼬불꼬불 올라가는 길 옆으로는 청량산이 가까이 보였다. 산꼭대기에 자리 잡고 있는 펜션 한 채와 카페 한 채, 그냥 딱 봐도 순한 개 한 마리, 주인장 부부가 있었다.

우리 부부는 차 한 잔씩을 주문했다. 차 향기는 감탄사를 연발케 했고, 차와 함께 내려다본 풍경은 참 좋다는 말 밖에는 설명할 길이 없었다. 훗날, 소중한 내 가족과 비즈니스 리더들과 다시 들렀다.

나는 누군가에게 '오렌지 꽃향기'와 같은 존재일까.

아무렴 어떤가.

나에게 '오렌지 꽃향기'같은 가족과 비즈니스 동지들이 있는데…….

오늘은 창문을 내리고, 겨울바람을 친구 삼아 신나게 달려보려 한다.

기적을 기다리지 마.

너의 인생 전부가 기적이야.

그러니 삶을 즐겨.

그리고 충격을 주고 떠나.

리허설은 없어.

- 지아드 압델누어 -

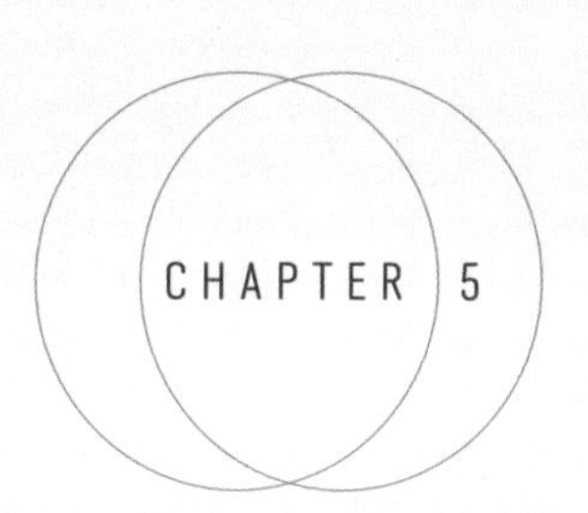

이 세상 모든 것에 숨어 있는 :

감사

참 좋습니다

감사 일기를 씁니다.

아침에 1분

저녁에 1분

하루 2분 투자하여

수지가 맞는 놀이입니다.

오늘도

"감사합니다"로 시작해서

"감사합니다"로 마무리합니다.

마음 깊은 곳,

사랑을 발견했습니다.

설렙니다.

좋습니다.

풍성합니다.

행복합니다.

권태롭게 살기에는 인생이 너무 짧다.

-니체-

감사하다는 말을 많이 하다 보니 걱정거리가 사라졌다. 오히려 현재 내가 할 수 있는 것에 집중하게 되었다. 진인사대천명(盡人事待天命). 신의 영역은 그분께 맡기고, 내가 할 수 있는 것에 집중하다 보니 삶이 단순해졌다. 고민하고 걱정해도 바뀔 수 없는 것, 할 수 없는 것들은 어차피 그대로다.

나는 감사의 힘을 믿게 되었다. 100일 동안 빠지지 않고 감사 일기를 아침 저녁으로 쓰다 보니, 마음속에서 벚꽃이 휘날리는 것처럼 하루하루가 설레고 기대되었다.

'아! 설렌다. 참 좋구나. 감사라는 것.'

'감사'라는 단어를 많이 사용하고 나눌 수 있는 시스템과 환경을 만들면 어떨까?

나의 행복을 검증해 준 '감사'를 나누고 싶은 마음에 팀 리더들과 의논하였다. 감사 일기 양식을 만들어 보자는 의견과 함께 감사의 힘을 나누었다. 디자인 잘하는 분과, 인쇄하는 분들과 감사 일기 노트를 만들게 되었다. 깔끔하게 다듬어진 감사 일기 노트를 가지고 100명이 넘는 사람들과 감사 일기방을 만들었다. 매일 아침 저녁으로, 감사 일기를 적고, 단체 카톡방에 올렸다.

글 쓰는 이 작가로 살아감에 감사합니다.
소명을 발견하고 그 길을 걸어가고 있음에 감사합니다.
땅을 딛을 수 있는 발에 감사합니다.

오늘 아침에도 감사 일기를 적는 것으로 시작하였다.

저녁 요리를 토마토로 한 것.

하루를 살면서 가장 잘 했다고 생각하는 것을 적었다.

사랑하는 당신에게 편지를 씁니다.
계절마다 아름다운 풍광을 보여준 당신에게 감사합니다.
친절하게 설거지 잘해주어서 감사합니다.
우리가 함께 한곳을 보며 손잡고 걸어갈 수 있어서 감사합니다.
오늘 하루도 자유로이 일과 휴식을 가지게 된 것에 감사합니다.

네. 이렇게 편지를 써준 것 감사합니다.

이 아침에 감사와 함께 시작할 수 있도록 해 줘서 감사합니다.

정성을 다한 아침을 준비해 줘서 감사합니다.

고맙소. 사랑하오.

고마운 남편에게 감사 편지를 적어서 카톡으로 보냈다.

호박죽을 먹으며 미래를 도모할 수 있는 동행자가 있어

감사합니다.

저녁에는 감사 일기로 하루를 마무리했다. 감사는 내게 미소를 지으며 잠들게 하는 행복 수면제이기도 했다.

'나누어야지. 더 많이 나누어야지.'

감사 일기와 감사 편지는 내 삶을 풍성하게 만들어 준다. 앞으로 감사할 일이 더 많이 생길 수밖에 없겠다는 믿음이 생기는 저녁이다.

제 2의 삶의 기적

고맙다,

표현하는 법을 배웠다.

나는 이제,

관계 회복 전문가로 거듭나고 싶다.

나의 변화로 배우자의 행복을 증진시키고

나의 경험과 실행으로 자녀들의 미래를 축복하며

인연이 되는 팀원들에게 삶의 체인지를 함께 하자 격려하고

고마움의 기적을 배웠다.

그냥 지나치게 되는 당연한 것들에게 고마움을 표현하는 것,

기적이다.

고맙습니다.

미안합니다.

축복합니다.

덕분입니다.

사랑합니다.

"남편을 표현해 줄 수 있는 단어로 무엇을 선택하고 싶으세요? 휴대폰을 꺼내, 남편의 애칭을 저장해 주세요."

'고마워 디자이너' 최덕분 님을 모셨다. 진하게 경험하고 훈련된 고마워 프로젝트를 통해 또 한 번, 삶의 변화를 실행했다. '내 사랑 김하수'라고 적었다가 다시 지우고 '자상하고 멋진 남자'라고 적어보았다. 더 좋은 애칭을 만들어서 남편에게 전화가 올 때마다 행복이 두 배가 되도록 할 것이다. 아들, 딸, 사위 이름 앞에도 붙일 수 있는 나만의 애칭을 생각해 봐야겠다.

"가족과 소통할 수 있는 문화로 무엇을 만들어 보시겠어요?"

가족 감사 일기 밴드를 1,267일째 실행하고 있는 최덕분 강사님의 경험을 사진으로 보았다. 배우고 실천하고 싶은 부분이었다. 사랑하는 우리 가족의 단체 카톡방에 이 사진을 보냈다. 우리도 실천하여 가족 소통 문화를 만들어 보자고 했다.

실행하고 나누다 보면 사랑, 이해, 행복, 배려, 이 세상 모든 예쁜 말들이 자연스레 풍성해질 것이다. 우리 가족만을 위한 밴드를 만들 생각에 지금부터 설렌다. 손자 손녀들에게 물려줄 수 있는 소중한 유산이 되지 않을까?

책을 써 준 작가에게 고마운 마음을 담아서 편지를 쓰고,
본 것, 깨달은 것, 적용할 것들을 고마운 시선으로 기록하고,
매일 삶의 변화를 느끼면서 주변에 관심을 가지고,
소중한 자연과 사람들을 향해 진심을 담아 표현해 본다.

고맙습니다.
미안합니다.
축복합니다.
덕분입니다.
사랑합니다.

실행한 만큼 성장한다는 것을 깨닫게 되는 요즈음이다.
제 2의 삶의 변화가 시작되었다.
제 2의 삶의 기적이 시작되었다.

연한 핑크빛 카네이션

식탁 위 화병에 곱게 꽂혀 있는 연한 핑크빛 카네이션.

가만히 들여다보니

따뜻한 마음과 먹먹함으로 눈물이 핑그르르 돈다.

한 해 동안 수고하였음에 감사하고,

또 한 해를 함께 하자며,

나의 동지들이 선물로 주고 간 이 아이.

사랑합니다. 감사합니다. 덕분입니다. 행복합니다.

풍요로운 성장을 돕는 존재로,

연한 핑크빛 카네이션처럼 곱게 살아가야겠다.

모닝 페이지 혁명으로 함께하게 된 동지들과 짧은 만남을 가졌다.

"우리의 눈부신 미래를 위하여!"

사회적 거리두기를 위해 멀찍이 떨어져서 함께 건배를 외치고, 와인을 마셨다. (금방 마스크를 써야 해서 다들 입술을 축이는 정도였지만)

올해를 잘 보내고 내년을 맞이하는 시간에 꿈, 성장, 미래에 대한 주제로 대화가 무르익을 때쯤, 동지 중 한 명이 연한 핑크빛 카네이션 꽃다발을 나에게 내밀었다.

"고생 많으셨어요. 대장님."

"함께 해 주셔서 감사합니다."

"내년이 더 기대됩니다."

폭죽같이 화려하고 아름다운 말들이 터져 나왔다.

'수고했어, 이정숙.'

그녀들의 성장을 돕는 존재로 내년에도 나의 열정을 불살라야지, 하는 열정이 솟아났다. 그렇게 우리는 새롭고, 설레고 확신에 찬 마음으로 내년을 준비했다. 그녀들이 건네준 연한 핑크빛 카네이션이 나를 지켜보고 있다. '그대들의 마음을 연한 핑크빛으로 물들어 주리라!' 사랑 고백을 하는 것 같기도 하고, '그대들의 마음을 끝까지 응원해 주리라!' 결의를 다지는 것 같기도 했다. 아무렴, 다 좋다. 아무렴, 다 좋은 인연들.

풍요로운 성장을 돕는 존재로,
연한 핑크빛 카네이션처럼 곱게 살아가야겠다.

2021년 1월 4일
너에게 어울리는 단어

안녕,

나의 2021년 1월 4일아!

이렇게 나를 만나주어 고마워.

두근두근,

또 다른 변화가 시작되었어.

너와 함께하고 있는 지금 이 시간을 기억하며,

아침 독서 습관을 원하는 사람들에게

독서 모임으로 풍요로운 성장을 도울 거야.

나의 마음 성장.

가족의 성장 돕기.

고객과 같이 성장하기.

상상만 해도 멋지지 않니?

세상은 우리 편이 되어줄 거야.

나의 2021년 1월 4일아!

나의 미래와 너의 미래에게 어울리는 단어를 선물해 줄게.

파이팅!

'두근두근 변화의 시작'이라는 슬로건으로 시작한 온라인 독서 모임이 1년이 다 되어 간다.

2021년 1월 4일,

180명의 아침 독서 모임 벗들을 만나게 되는 날이다. 대표 그룹장 톡방과 13명의 운영진이 만들어졌다. 감사하며, 축복하고, 서로를 응원하는 아침, 두근거리는 가슴이 멈추질 않는다. '하느님, 감사합니다'라는 말이 저절로 나오게 되는 날이다.

2021년 12월 31일, 마지막 날에 우리는 어떤 성장을 이루어 놓게 될까?

리더가 된다는 것, 책임을 가진다는 것에 대해 열정이 마구 솟아난다. 새벽 5시 30분에 운영진들을 만나면 무슨 이야기를 할까, 6시에 만나게 되는 180명의 벗들에게 어떤 공명을 일으킬 수 있을까, 설레는 고민을 매일 하게 된다. 몇 번의 리허설을 마음속에서 거쳤기 때문에 잘 할 수 있음을 알아차린다. 시간이 빨리 오기를 기다리는 이 마음이 청춘 아닐까? 모든 것에 감사하게 된다.

책으로 만나는 624 독서 모임이여,

앞으로 만나게 될 1000명의 독서 모임 벗들이여,

영원히 발전하리라!

시대의 흐름도, 세상도, 모든 것이

우리 편임을 알게 하는 오늘이다.

파이팅!

올해 2021년, 가장 많이 사용할 단어이다.

괜찮은 사치

소중한 인연들이 기록되어 있는

주황색 노트.

남편 이야기가 기록되어 있는,

남편이 좋아하는 색깔의

노란색 노트.

나의 열정을 고스란히 담아주고 있는,

빨간색 노트.

그리고 이야기들을 써 주는

볼펜 한 뭉치.

이야기들이 쌓이고 쌓여

책이 되고, 나눔이 되고, 비전이 된다.

노트와 볼펜을 사 모은다.

괜찮은 사치이다.

아침 일기로 쓰고 있는 모닝 페이지 노트가 쌓이고 있다.

책을 필사하고 있는 노트도 쌓여간다.

건강 식단을 위한 요리 강의 노트도 쌓여간다.

탑처럼 쌓이는 노트를 보니 흐뭇한 미소가 지어진다.

다 쓴 노트에 내 삶의 열정들이 고스란히 담겨 있어서 좋다.

작년 한 해 동안, 사용한 노트와 볼펜의 갯수가 내 평생에 썼던 노트와 볼펜의 갯수를 합친 것보다 더 많다. 칸이 넓고 재질이 좋은 노트를 한가득 구입하는 것이 나에게는 의미 있는 일이 되었다. 볼펜도 질 좋은 것으로 한 번에 서른 자루씩이나 구입했다. 노트와 볼펜으로 행복을 만들어 갈 생각을 하니 기분이 좋다.

식탁에 늘어져 있는 주황색, 노란색, 빨간색 노트들을 다시금 천천히 쓰다듬어 본다. 올 한 해는 옷을 사지 않기로 결심했다. 그리고, 노트와 볼펜 사재기로 괜찮은 사치를 해보려 한다. 아, 신난다!

나의 베스트 프렌드

책,

노트,

볼펜으로 채워져 있는

우리 집 식탁은 나의 학교.

책으로 사람들을 만나고 대화한다.

그리고

책으로 위로와 공감을 선물 받는다.

이 세상 모든 궁금증을 책에게 물어본다.

책은 조용히 대답해 주었다.

책은

역시, 나의 베스트 프렌드이다.

"사장님, 맨발 걷기하고 나서 차 한 잔 마시는 시간을 가져보면 어떨까요? 일주일에 한 번 오셔서 인생 선배로서 좋은 이야기를 나누어 주실 수 있으세요?"

사석에서 리더 한 분이 내게 제안했다. 얼마나 감사한 말인가. 나에 대한 믿음, 내 인생에 대한 믿음을 보여준 귀한 인연이다.

"좋은 제안 감사드려요. 저희 집으로 모시고 싶은데……, 괜찮을까요?" 간단한 음식과 차를 준비해서 대접해 드리고 싶은 마음이었다. 그분은 내게 거듭 감사 인사를 했다.

"그런데, 과제가 있어요. 〈그냥 그렇게 보낼 인생이 아니다〉라는 책을 모두 읽고 오시면 좋겠어요. 함께하는 분들과 함께 책을 통해 진짜 좋은 이야기를 나누고 싶거든요. 일주일 정도 시간이 있으니 충분히 읽으실 수 있을 거예요."

책으로 만나서 책으로 마무리하게 된 그날 이후, 우리는 또 모임을 가졌다.

"평범한 주부로 살면서 언제 책을 읽었는지 기억이 까마득했어요. 그런데 과제 덕분에 책을 읽을 수 있었어요. 물론, 책 내용도 최고였습니다."

자신의 진솔한 마음을 터놓으며, 자신의 진솔한 마음을 터놓는 분들을 보니 '이정숙, 참 잘 하였구나'라는 생각이 들었다. 그분들에게 감동을 줄 수 있는 나의 수고로움에 보람을 느끼는 시간이었다.

한 사람의 인생, 한 사람의 가치관, 한 사람의 연구결과 등 이 모든 것을 만오천 원을 지불하고, 평생 소장할 수 있다는 것. 이 세상에서 가성비 최고인 물건은 단연코 '책'이다.

나는 책과 대화를 나눈다.
나는 책에서 위로를 받는다.
나는 책에서 답을 얻는다.
나는 책을 사랑한다.
책은 나의 베스트 프렌드이다.

앞으로 많은 사람들과 함께, 책의 가치를 깨달아가는 귀한 하루하루를 상상하며, 활짝 웃어본다.

훌륭한 책을 집필해주신 작가님들, 고맙습니다.

사람이 온다

하느님이 보내주신 분 중에 한 분.

이미 많은 역경의 산을 너머 온 리더.

아름답게 살아가는 통큰 사람.

그들이 내 삶 속으로 들어와 함께 성장했다.

엄마로서, 리더로서, 강사로서 그리고 작가로서

살아온 내게는 소중하고 감사한 분들이다.

서로 감동하고, 서로의 동행자가 되어줄 새해이다.

앞으로 어떤 훌륭한 분들과 함께할지 기대가 된다.

나의 생각과 말, 그리고 기록이 힘이 되어서

사람들을 내게로 이끌어준다.

사람이 내게로 온다.

나는 몇 개의 단체 카카오톡 방에 소속되어 있다. 이곳에서 서로의 정보를 나누고 자신을 알리기도 한다. 1인 기업가들이 모여 있는 공간에서 우연히 만나게 된 김 강사님.

'속터뷰 신청 받습니다.'

김 강사님의 블로그에서 마음을 터놓고 이야기하는 인터뷰 시간을 안내받게 되어 댓글을 달았다. 작년 연말 즈음이었을 거다. 첫 번째로 댓글을 올린 사람이 나라고 하였다. 1월 5일 저녁 7시 반에 시작한 속터뷰는 1시간 정도 줌으로 진행되었다.

각자의 인생을 1시간 동안 이야기하는 시간 속에서 삶에 대한 열정이 느껴졌다.

'세상에는 훌륭한 엄마, 멋진 여자들이 많이 있구나'라는 생각을 가지게 되었다. 나도 누군가의 속마음을 들어주고 응원하는 일을 하루에 한 번씩 해야겠다고 마음먹고, 바로 실천했다. 당장 떠오르는 지인에게 연락을 취했다.

"어떻게 지내? 몸은 건강하고?"

"많이 아파."

지인의 목소리에서 희망이라곤 찾을 수 없는 절망이 느껴져 마음이 아팠다. 나는 마음을 다해 위로와 격려를 해주었다. 부디 빨리 회복되기를 간절히 바라본다.

하루에 한 사람에게 연락을 해서 그의 속마음을 들어주자. 위로가 어렵다면 그저 들어주기만 해도, 그것이 진정한 위로가 될 수 있다. 그리고 감사하자. 아픔이든, 기쁨이든 나눌 수 있는 사람이 있음에……. 우리들의 따뜻한 마음이 모여 힘이 되기를 바란다.

오늘아, 안녕!

1월,

저녁 일곱 시의 어둠.

그러나 새벽처럼 예쁘다.

넓은 주택에 혼자 있다.

피아노 선율이 무겁지 않게 흐른다.

나의 오늘에게 '안녕'이라고 인사하며

축복하는 시간을 가졌다.

나의 오늘은 언제나 안녕함을 느낀다.

내일도 '안녕'하자.

많이 애쓴 만큼 많이 힘들었던 지난 2020년. 나는 해야 할 일들을 스스로 선택하고, 집중하면서 열정적으로 일들을 처리했다.

나는 아침 식사 후, 남편에게 말했다.

"오늘은 수고한 나에게 휴식과 평안함을 주고 싶어."

남편 역시 나의 말에 동의를 했다. 우리 부부는 수성못으로 드라이브를 갔다. 그리고 수성못 근처에 사는 후배에게 전화를 했다. 내가 휴식을 가지고 싶다 하니 후배가 우리 부부를 집으로 초대했다. 우리는 빵도 구워 먹고, 군고구마도 먹었다. 평소에는 마시지 않던 커피도 한 잔 마셨다. 그러다 보니 학창 시절에 땡땡이를 치고 분식집에 몰래 가서 떡볶이를 사 먹는 기분이 들었다. 아주 가끔 누리는 일탈 같은 아니, 진짜 휴식 같은 시간이었다.

비즈니스를 같이 한 시간이 벌써 20년이 되어 가는 후배 부부와 우리 부부는 즐기면서 살아가기로 하였다. 오전 시간을 그렇게 보내고 집으로 돌아왔다. 오후에는 낮잠도 자고, 집안일도 하다 보니 어느새 하루가 저물어가고 있었다. 그리고 아들과 남편은 일이 있어 지방으로 떠났다.

오롯이 혼자인 시간이 너무 좋았다. '혼자만의 시간이 이렇게

평안하다니.'

평화로운 저녁 시간이 "열정적으로 살아온 당신을 응원합니다"라고 나에게 최선을 다해 말해 주는 것 같았다.

"오늘 하루도 안녕합니다"라고 스스로 답했다.

마치는 글

지붕을 세차게 두드리는 겨울비 소리를 들으며,

오롯이 기도할 수 있는 새벽에,

두 번째 책을 마무리합니다.

코로나19로 인해 우리 모두 지쳐가고 있는 지금,

저는 강한 위기의식을 느꼈습니다.

그리고 생각했습니다.

'지금 이곳에서 내가 할 수 있는 것이 무엇일까?'

새벽에 좋은 습관을 만들어야겠다고 생각했습니다. 새벽 3시 50분에 일어나, 기도하는 시간으로 하루를 시작했습니다. 그리고 새벽을 깨우는 습관으로 20명의 사람들과 새벽 독서 모임을 가진다고 선포했습니다.

6시를 2번 만나는 4람들, 그렇게 '624 독서 모임'이 탄생하게 되었습니다.

새벽 기도, 독서 모임 후, 평범한 일상들을 글로 적었습니다. 바쁜 우리 후배들에게 작은 휴식 같은 글이 되기를 소망하면서요. 어느 페이지를 펼쳐 보아도 공감과 위로, 그리고 미래를 위한 희망을 품을 수 있기를 바라며….

신께서 보시기에 아름다운 일상이기를 기도하면서, 살아온 시간들을 시(時)로 펼쳤습니다. 2020년, 그 어느 때보다 힘든 시기였지만, 그럼에도 불구하고 아름답게 살아내고 있는 우리들의 마음을 이야기로 묶어 보았습니다.

624 독서 모임 벗들과 함께, 꿈과 희망을 나누고 싶습니다.

함께 하모니를 이루고 있는 시간들에 감사한 마음을 가득 담아,

내 나이 육십에 건배를 외칩니다.

독자 여러분의 삶에도 건배가 넘치기를!

축복합니다. 감사합니다.

1월 24일 새벽에

이정숙 올림.

나는야 산타 할머니

초판인쇄 2021년 3월 12일
초판발행 2021년 3월 19일

지은이 이정숙
발행인 조현수
펴낸곳 도서출판 더로드
기획 조용재
마케팅 최관호 백소영
편집 권 표
디자인 호기심고양이

주소 경기도 고양시 일산동구 백석2동 1301-2
넥스빌오피스텔 704호
전화 031-925-5366~7
팩스 031-925-5368
이메일 provence70@naver.com
등록번호 제2015-000135호
등록 2015년 06월 18일

정가 15,000원
ISBN 979-11-6338-135-8 03810

파본은 구입처나 본사에서 교환해드립니다.